漱石を電子辞書で読む

齋藤　孝

はじめに

私たちは、日本語を使って読み書きをし、日本語を話し、日本語で考えて暮らしています。ですから、私たちは日本語の海で暮らしている魚のようなものです。日本語なくして日本人なしというくらい、日本人にとって日本語は不可欠のものです。

今、私たちが使っている日本語のベースにあるのは、近代につくられた日本語で、その一番中心にいるのが夏目漱石です。漱石は近代日本語をつくった中心人物であり、もっとも人気のある国民作家といえます。その漱石の言葉を徹底的に見ていくことで、日本語という財産を改めて味わうのがこの本の趣旨です。

漱石の作品について、ストーリーを追うだけではなく、漱石が使った言葉に立ち止まって辞書を引いてみると、一つ一つに奥深い意味があることがわかり、文章の味わいがより一層深くなったり、新たな解釈が生まれたりします。そうすることで、作品鑑賞がより深くできると同時に、語彙も豊かになっていくのです。

私は『語彙力こそが教養である』という本を出したことがありますが、教養とは、突き詰めると、いろいろな分野についての語彙を理解し使いこなすことができることではないとかと考えています。そういう意味で、漱石の作品を言葉にこだわって読むことを通じて、語彙力をアップしていくことこそ、教養をつける確かな道ではないかと思います。

漱石を読むツールとして、電子辞書という圧倒的なパワーのある辞書を使うことを、新しい試みとして提案します。電子辞書には複数の辞書を瞬時に引ける機能があるので、その機能を活《い》かしていろいろな辞書を引きながら本を読んでいくという新しい読書の形が実現できるのです。

この本では、まず第1章で、電子辞書の活用の仕方と、夏目漱石を取り上げた意味を書きました。

第2章では、『坊っちゃん』に出てくる漱石の語彙にたくさん触れることによって、言葉の力がつくことを実感していただきたいと思います。

第3章では、『こころ』という作品を言葉にこだわりながら細かく読んでいくことで、高校時代に読んだときには読み飛ばしていたけれど、こんなにすごい作品だったのかと、改めて作品の深さに感嘆していただきたいと思います。

第4章は、漱石の他の作品にもいい言葉がたくさんありますので、七つの作品から漱石の名言・名文を集めてみました。ここでは漱石の世界観・人生観が表れているものを多く取り上げて解説します。なかには漱石の言葉から派生する、禅の世界の言葉や、聖書の世界の言葉などもあり、広い視野から漱石の言葉を捉えていきます。こうした名言・名文から私たちは、悩んだり迷ったりしたときの人生の指針、心の豊かさや勇気をもらえるのではないかと思います。

二〇一七年三月

齋藤　孝

漱石を電子辞書で読む　目次

はじめに　3

第1章　電子辞書を活用して語彙を増やす　9

リビングに1台電子辞書を　10　夏目漱石を取り上げた理由　14
電子辞書を駆使して漱石を読む　16　電子辞書学習法を生活に取り込もう　19
日本語の語彙を鍛えるための定番『坊っちゃん』　22
日本語の「語りの力」がささえる『こころ』　24

第2章　『坊っちゃん』を読む　29

1906（明治39）年「ホトトギス」4月号で発表。漱石が愛媛県尋常中学校で1年間嘱託教員を務めた体験を基に書いた小説。全11章で構成。正義感にあふれた無鉄砲な江戸っ子の新米数学教師が、赴任した松山で痛快に暴れまわる活躍を、ユーモアに富んだ文章で歯切れよく描く。

第3章 『こころ』を読む 125

「上　先生と私」 126
「下　先生と遺書」 155

1914（大正3）年4月～8月、朝日新聞に連載。

「上　先生と私」「中　両親と私」「下　先生と遺書」の3部で構成。

親友を裏切り死に追いやった過去を持つ「先生」が自己否定に至る過程を、学生である「私」の目と「先生」の遺書を通して描く。エゴイズムと倫理の間で葛藤する近代知識人の心理を追究した作品。

第4章 漱石の作品の名言を味わう 229

『吾輩は猫である』 230
『草枕』 238
『虞美人草』 244
『三四郎』 250
『それから』 255
『門』 260
『硝子戸の中』 262

本文デザイン・装幀／出口　城

第一章

電子辞書を活用して語彙を増やす

◇◆リビングに1台電子辞書を

学ぶことは人生の楽しみの大きな柱になります。豊かな人生、幸福な人生とは学びを軸にすれば安定する、というのが私の考えです。

それには家庭を学習の場にするというライフスタイルがいいのではないかと思います。でも、家庭では生真面目に勉強する気になれない人もいます。その解決法として、日常生活の中に学びを取り入れるために、リビングに1台の電子辞書を置くことをお薦めします。

電子辞書は、驚くほど便利に進化しています。各種の国語辞典、漢和辞典、英和辞典、和英辞典だけでなく、歴史事典や生活用語事典、外来語の事典など、さまざまな辞典が20種類、30種類と入って一つの電子辞書の形になっているわけです。それをうまく活用することで、豊かな日本語、豊かな教養を身につけようというのが、本書のテーマです。

電子辞書は複数の辞書を瞬時に引けるという意味で、昔の学者がたくさんの辞書を机に並べて調べものをしていたような作業が手軽にできるすごいツールです。この学習ツールを活用していけば語彙力アップにつながります。

実際に、教養とは語彙力で測られます。言葉を知らないのに、その事柄がわかっていることはあり得ません。例えば、マルクス主義という言葉を聞いたことがあったとしても、上部構造・下部構造や、階級闘争、唯物史観などの言葉がわからないと、うまく説明することができません。いろいろな思想・知識には、それに必要な用語があり語彙があるので、語彙を増やしていくことこそ重要なのです。その語彙を飛躍的に増やしてくれるツールの一つが電子辞書です。

電子辞書は非常に手軽で、紙の辞書のページをめくるよりも、キーをたたいたり画面に触れたりして引く方がスピードは何倍も速いのです。さらに、複数辞書検索やジャンプ機能を使って次々に関連する言葉を引いていけば、知識が広がり、認識が深まっていきます。一つの辞書を引いてもピンとこなかったものが、ジャンプして三つくらいの辞書を比較して総合してみると、はっきりとした意味がつかまえられることがあります。あるいは、自分が知りたいと思っていた言葉から派生した気になる言葉にジャンプしていくと、関連した語彙も獲得していくことができます。

電子辞書は、最近では多くの中・高校生が持っています。また、電子辞書の使用を前提に授業を行う私立の高校もあります。英語の学習にも電子辞書は非常に便利です。しかし、本当にそれを使いこなしていなかったら、とてももったいないことです。

小学校では今、辞書がどういうものかを知るために、紙の辞書の引き方を教わります。辞書はこうやって使うものだという基本的なことを小学生時代に教わるのは大変重要だと思います。私自身も学生時代は紙の辞書で勉強しました。しかし、電子辞書の便利さ、迅速さには、紙の辞書はとうてい勝つことができないと感じています。

私は電子辞書をほとんど手放さない主義です。持ち歩くことも多いですし、何かにつけて電子辞書を引いて確認しています。もちろんインターネットにアクセスしても用語の意味を調べることはできます。派生的にいろいろな情報を得ることもできます。しかし、正確な知識を求めるのであれば、インターネットは玉石混淆《こんこう》なところがあり、根拠があいまいなことも多いのです。その点、電子辞書に入っている辞書は、大変厳しい校閲を経た、精選され磨き抜かれた確かな知識なのです。

例えば、『広辞苑』にある言葉が新しく収録されたとニュースになることがあります。

それは、その言葉が信頼されている辞書に掲載されたことで、正当な評価を受けて認められたことになるからです。「やばい」という言葉が辞書に入ることによって、「やばい」は普通に使っていい言葉なのだと評価を得たことになるのです。

そのように、辞書とは非常に信頼性が高く、常識の基準になるものであり、インターネットにあふれている他のさまざまな情報とは一線を画すものです。それが電子辞書の優れた点です。しかも電子辞書の場合は、さまざまなジャンルの複数の辞書を瞬時に引くことができて、広汎な事柄をいろいろな角度から調べられます。

ですから、確かであること、広範囲であること、迅速に引けること、という点で電子辞書は、画期的な学びのツールであり教養のツールであると言えます。

電子辞書を引きながら本を読むという新しい読書法を提案するのが本書のオリジナリティであり、新しさです。読者の皆さんには、電子辞書の面白さ、便利さ、機能の高さを理解していただき、電子辞書を持っていない方も、この本を読むことで、「電子辞書で漱石を読む」という画期的な読書法を疑似体験していただければありがたいと思います。

◇◆夏目漱石を取り上げた理由

この本で取り上げる題材は、夏目漱石の主要な作品です。漱石は近代日本語の基礎をつくったと言われていて、やがてその漱石の言葉が国民的な財産となって、今に至っていると言われています。

漱石と同時代人に、森鷗外や幸田露伴がいます。森鷗外の『舞姫』などは高校で習ったことがある方も多いと思いますが、非常に古い言葉がそのまま使われていて、読みづらい文語体の美文調です。ですから、確かに格調高いのですが、通常私たちが使っている日本語の書き方とはずいぶん違っています。「石炭をば早や積み果てつ」(『舞姫』)という言い方・書き方を現在はしません。それに比べると「親譲りの無鉄砲で小供の時から損ばかりしている」(『坊っちゃん』)という言い方・書き方は、私たちが今でもごく自然に使っている日本語の文体です。

幸田露伴の『五重塔』も名作で、私はそれを音読破する本を出したことがあって大好きなのですが、実際に音読してみると、その語彙があまりにもレベルが高いことがわかります。また漢籍の教養がありすぎるため、文章も読みづらいものになっています。

ですから、漱石が国民作家といわれる理由の一つとして、漱石が使った語彙や文体が、今の私たちが使っている近現代日本語の基盤になっていることが挙げられています。

漱石は今でも非常に人気があります。例えば、印象に残っている本を挙げると、必ず上位に『こころ』が入ってきます。これは高校の教科書に掲載されているという事情もあり、多くの人の心に深く残っているからでしょう。高校生に「先生とK」と言えば、「ああ、あの自殺したKのことだね」と、『こころ』の登場人物だとすぐわかります。わからない人の方がむしろ少数派です。

このように、非常に内面的な世界を掘り下げたレベルの高い作品をみんなが共有できていることは、私たち日本人にとって幸せなことです。教科書に漱石が載っていることは、国民的な知性のレベルを上げることになっているのでしょう。

◇◆電子辞書を駆使して漱石を読む

漱石の作品を電子辞書で読もうというのが本書の企画です。なぜ辞書を使うのかというと、漱石の語彙は、今の時代にも通じてはいますが、漱石の高い教養が反映されたものだからです。つまり和漢洋の教養が非常に幅広いので、それが言葉の端々に表れているのです。それを電子辞書で引いていくことによって、漱石の教養の深さ、広さに触れることができます。

漱石の作品から語彙の魅力を取り除いて、ストーリーだけを残したとしたら、香りが抜けた食べ物のようになってしまいます。食べ物を味わう時に、鼻をつまんで食べると味がよくわかりません。つまり私たちは、食べ物の味を香りとともに味わっているのです。言ってみれば、舌で味わっている部分をストーリーだとすると、鼻で味わっている香りは、漱石の語彙であり、言葉のセレクトの妙だと言えるでしょう。

漱石の文章における香りの高さ、味わい深さは、電子辞書を使うと、より一層深く感じることができるのです。電子辞書を使っていろいろな辞書にジャンプして、その言葉がどういう意味なのか、起源はこういうことだったのか、使われている漢字の字源はこれか、と即座に調べることで深く味わうことができます。さらに、この本で漱石の語彙を学んでいくことを通じて、日本語の面白さ、あるいは漢字の奥深さに気づいていただければありがたいと思います。

漱石のほとんどの作品が英訳されていて、そうした翻訳本も立派な作品であることには変わりがないのですが、当然のことながら漱石はやはり日本語で読むのが一番面白いのです。三島由紀夫、谷崎潤一郎、村上春樹なども、外国語に翻訳されていて高い評価を得ています。もちろん漱石も外国人から評価されていますが、「漱石はすごい！」という認識が、日本人に比べると少し低いように思うのです。それはなぜかと考えると、私たちは漱石のよさを日本語で十全に味わっているので、漱石の日本語が私たちにフィットしていますが、外国語にしたときには抜け落ちるものがもしかしたら多いのかもしれません。川端康成にも同じような事情があるわけですが、川端康成は日本的な美の象徴でもありましたので、それが外国人にはエキゾティックな憧れとして成立した面があります。

そのように考えますと、私たちが漱石を楽しめるのは、私たちが日本語をよくわかっているからなのです。しかし、より深く漱石の世界を楽しむためには、より深い語彙力が必要であるともいえます。語彙力を深めることで、一つ一つの言葉がなぜ面白いのかとか、よくこの言葉をこの文脈に使っているなとか、漱石の言葉のセレクトの素晴らしさが改めてわかってくるのです。

例えば、「姑息《こそく》」という言葉は、卑怯《ひきょう》の意味で使われがちですが、もともとは「一時の間に合わせ」の意味です。国語辞典で「姑息」を引き、「姑」の字で漢和辞典にジャンプすれば、「しばらく」の意味だとわかります。

そのようにジャンプしていくことによって記憶に定着しやすくなるのです。電子辞書でジャンプを二、三度すれば、知識がほぼ定着します。電子辞書を引く際に、億劫《おっくう》がらずにジャンプ機能や複数辞書検索を使えば、同じ言葉を他の辞書に飛んで引くことができたり、同じ辞書内でも別の言葉に飛ぶことができたりしますから利用しましょう。

ジャンプを二、三度して語彙力をアップする方法は、次章の『坊っちゃん』で紹介します。漱石のほかの作品や別の作家の本でもぜひ試してください。

従来の紙の辞書だと、いくつもの辞書を引き比べるのは大変な作業でした。例えば、国語辞典を引いているときに、関連した漢字を漢和辞典で引いたり、英単語を英和辞典で引いたりするのは、実際には、なかなかできる作業ではなかったのです。しかし電子辞書は、多くの辞書の間を瞬時に自在に行き来することができ、記憶を定着させやすいのです。

そして、リビングでテレビを見ているときでも、「この言葉はどんな意味だったかな」と思ったらすぐに引くことができて、「こういう意味か」と知ることとできる小型で便利なツールです。しかもその知識を家族みんなで共有することができれば、それによって家族の知的なベースが上がってくるのです。

◇◆電子辞書学習法を生活に取り込もう

これまで、「文学作品を電子辞書で読みこなす」という試みはあまりなかったと思います。電子辞書が普及した現在も、それをツールとして文学作品を読み込むところまでは行かなかったのです。

今、小学生の学習に辞書を取り入れる学習法が評判となっています。小学生用の国語辞典を使い、引いた言葉のページに付箋を貼っていくという、元立命館小学校校長（現中部大学准教授）の深谷圭助先生の「辞書引き学習」の実践は、非常に有効な学習方法だと思います。辞書をどんどん引くことによって付箋の数が増えていく。それを積み重ねていくことで付箋の数だけ知っている言葉が増えていく。子どもたちは辞書を引くのが面白くなり、付箋を貼ることで自分がどれだけ辞書を引いたかはっきりわかるのでやる気が出る。子どもの言葉への意欲を引き出す非常によいやり方だと思います。そして、辞書を引くことで読む力をつけ、読解力を伸ばしていくことができるようになるのです。

しかし、辞書を普段の生活に活《い》かすとなると、まだ距離があります。実際に大人が生活の場で紙の辞書を頻繁に引いている姿はあまり見られません。気になる言葉をスマホで検索することは多少やっています。それをもっと本格的に「学びの軸」として使おうというのが「電子辞書学習法」です。

当たり前のことですが、日本語を使いこなすのは、私たち日本人にとっては基本的なことです。語彙力が上がって日本語をうまく使いこなせれば、書くことも話すことも苦にならなくなります。「簡にして要を得る」という言葉がありますが、簡単でありながら要点を押さえた話し方ができれば、話し上手にもなれます。

そして聞き取るときにも、難しい漢語が混じっていても理解ができるようになります。読むとき、書くときも、語彙が豊富であればより難しい本を読むことができるし、内容の深い、「意味の含有率」の高い文章を書くことができるようになります。

すなわち、話す、聞く、読む、書くの四つの言語活動において、語彙力が決定的な役割を果たしていることを、電子辞書を活用することによってはっきりと認識することができます。そう考えると、電子辞書（紙の辞書も）を使わずに生活している人は、知識、語彙がふわふわしたままになりがちではないかと思うわけです。本をたくさん読んで、しかも電子辞書を使って語彙力をつけていくだけで、およその教養は身についていきます。

電子辞書で漱石を読むという、一見、ちょっとエッジの効きすぎた珍しい企画と思われるかもしれませんが、実は、日本語を学ぶ王道的なアプローチであるといえるのではないかと思います。

なお、最近の電子辞書には『坊っちゃん』や『こころ』などの作品がそのまま収録されているものもあります。こうしたコンテンツを使えば、言葉を打ち込まずに辞書に飛ぶことができます。

◇◆日本語の語彙を鍛えるための定番『坊っちゃん』

明治時代、漱石はそれまでの言葉を活《い》かしながら、新しい用法を工夫して次々に言葉を編み出しました。『日本国語大辞典』を見ると、『坊っちゃん』の文章が最初の例として用例にたくさん取り上げられています。言葉をつくるというよりも、漱石が新しい意味合いで使ったということです。

私は、『坊っちゃん』を小学生と一緒に6時間かけて全部音読で読破しましたが、それは意味のあることだったと、改めて思いました。『坊っちゃん』は魅力的な語彙がてんこ盛りであるうえ、ちょっとした言葉遣いがとても面白いのです。例えば、勝手にお茶を入れることを「一人で履行している」と言っています。わざと堅い言い方をすることでユーモラスな文章にしているのです。そのことが現代の小学生にも伝わるところが、漱石のすごさです。「履行」という難しい言葉を単に使うのではなくて、普通なら使わないところであえて使う。「人のお茶を勝手に入れて飲んじゃうことを履行するって言わないんじゃない」と子どもが思って笑うのです。また、「バッタが一人でお入りになる」などと、あえてバッタに敬語を使うユーモアのセンスがこの作品にはたくさんちりばめられています。

漱石は、落語が大好きで笑いのセンスを大切にした人です。人を楽しませるのが実に上手で、しかも言葉の幅が広いので、『坊っちゃん』は教養のある人が書いた一種の新型落語と言ってよいくらいです。

『坊っちゃん』を、あれは文学でなくて落語だと、ちょっと軽んじて言った人がいたのですが、『坊っちゃん』が落語だと言うのはむしろ褒め言葉であって、こんなに日本語が学べる落語はちょっといないなと思います。みんなが読んで楽しめる作品を一気に書いた漱石という人は、すごい日本語力の持ち主だと思います。

小学生にこれを全文音読させて感想を聞くと、「すこぶる面白かった」とか、「はなはだよかった」とか言うわけです。たしかに『坊っちゃん』の中では、「頗《すこぶ》る愉快だ」「はなはだ愉快だ」などと「すこぶる」と「はなはだ」が連発されて文章に勢いをつけています。

これを子どもたちがすぐ真似をして使うので身につくわけです。こういう言葉遣いだけでもできるようになれば、ちょっと漱石っぽくなって、子どもたちも楽しめます。

小学生と何度も全文を音読で読破した経験から、音読によって漱石の語彙が子どもたちの中にしっかりと入っていき、しかも楽しく身につくことがわかりました。話し言葉と書き言葉がちょうどいい具合に交じっていて、文章が短めでテンポがよく勢いもありますから、日本語の語彙を鍛えるには、『坊っちゃん』は理想的なテキストだと思います。

また、本文でも詳しく説明しますが、例えば「辻褄《つじつま》が合わない」のように、衣装用語からきた表現だとか、「憚《はばか》りながら」の「憚り」はトイレの古い言い方であるとか、「茶代」というチップ制度が当時はあったことだとか、そういう豆知識が随所に入っていて、辞書で引いていくと知識の幅が広がります。

◇◆日本語の「語りの力」がさえる『こころ』

漱石の『こころ』は重い主題を扱った、多くの高校生が初めて文学の重さを感じる作品と言ってもいいでしょう。生きるとは何か、どう生きるべきなのかという倫理的な問いを投げ掛けられます。

漱石はある小学生から手紙を受け取りました。その小学生の手紙には、「先生の『こころ』という作品を読みました」と書いてありましたが、漱石は「小学生はあのような物を読むべきではありません」と返事を出したそうです。

小学生に真面目に返事を書く漱石も面白いのですが、確かに小学生が読むのに、『坊っちゃん』はぴったりですが、『こころ』は自殺がテーマになっているのでふさわしいとは言えません。高校生以上向けになります。

しかし実際に読んでみると、こんなに重く暗い主題であるにもかかわらず、なぜか繰り返し読むことが苦痛ではないのです。どこか語り口に、さわやかとまでは言えないけれど、すっきりとした味わいがあります。それはおそらく、漱石の語彙がテーマの重さを軽減する効果を発揮しているからではないかと思います。

また語り口調のテンポの良さが、この作品の世界を読み進めるにあたって助けになっています。これがテンポの悪い口調で重いテーマが書かれていたら、かなり読みづらいものになっていたでしょう。

『こころ』の文体は理知的です。後半は先生の遺書ですが、先生の理知的な人柄が非常によく出ています。知情意が、ハイレベルで混ざっている人物の語り口なのです。ですから、そこから出てくる言葉も、分析的でもありますし、情感も込もっています。そして倫理的にも深く考えられています。そのように知情意が感じられるので、先生に対する不快感を持たずに読み終えることができます。

私もときどき読み返すのですが、そのたびに引き込まれてしまいます。先生の思考にそのまま自分が入り込んで、「ああ、そういうことなんだ」とか、「そうなってしまうよね」と、善い悪いを外側から批判する読み方ではなく、登場人物の語りの世界にさまよい込んだ読み方になってしまうのです。そういう人を引き込む「語りの力」がこの作品にはあります。ですからこの作品では、語彙を調べていくだけではなく、一歩ステップアップして、作品解釈や心理・心情の理解にまで踏み込んでいきたいと思います。

『坊っちゃん』が軽いスタイルをとり、『こころ』は重いテーマを扱っているので対照的に見えますが、そこには共通した漱石流の語彙ワールドがあります。また、違ったタイプの語彙も出てきますので、この二つの作品を、語彙を中心にしてじっくり読むことによって、漱石の作品の奥深さを感じることができるのではないかと思います。

漱石の世界を捉えるために、まずは『坊っちゃん』と『こころ』という二つの作品をじっくりと読んでみましょう。

第二章

『坊っちゃん』を読む

それでは、『坊っちゃん』の冒頭から、ブロックごとにキーワードを選び、電子辞書を使って2、3回ジャンプして言葉の意味を調べながら語彙力をつけていきましょう。

これから私が「辞書を引く」と言った場合は、すべて電子辞書内の辞典のことです。

親譲りの**無鉄砲**《むてっぽう》で小供の時から損ばかりしている。小学校にいる時分《じぶん》学校の二階から飛び降りて一週間ほど腰を抜かした事がある。なぜそんな**無闇**《むやみ》をしたと聞く人があるかも知れぬ。別段深い理由でもない。新築の二階から首を出していたら、同級生の一人が冗談に、いくら威張《いば》っても、そこから飛び降りる事は出来まい。弱虫やーい。と**囃**《はや》したからである。小使《こづかい》に負《お》ぶさって帰って来た時、**おやじ**が大きな眼《め》をして二階位から飛び降りて腰を抜かす奴《やつ》があるかといったから、この次は抜かさずに飛んで見せますと答えた。

〈(一)より〉

まず、「**無鉄砲**」という言葉です。鉄砲がないとはどういう意味なのだろうか、もしかしたら戦いの時に鉄砲を持たずに行くような無茶苦茶なやり方を言うのか、よく考えずに突っ込んでいくという意味なのだろうか、などと想像しますが、実は「無鉄砲」という漢字は当て字です。

国語辞典を引くと、「むてんぽう（無点法）の変化した語とも、むてほう（無手法）の変化した語ともいう」と書いてあります。

では、「無手法」とはどういう意味なのか、ジャンプ機能を使って「手法」を引いてみると「しゅほう＝物事のやり方」とあります。ですから、「無手法」はやり方が無いという意味です。

当て字をする場合は「音」に字を当てるわけですから、「てっぽう」と言えばこの字だろうと「鉄砲」を当ててみたところ、ニュアンス的にも無茶苦茶な感じが出ているので、これが採用されたのだと思います。

無鉄砲の意味は、「理非や前後をよく考えないで事を行うこと、向こう見ずに行うこと」と辞書にあります。「理非」の意味をジャンプして調べてみると、道理に合っていることとそむいていることです。

ですから、「親譲りの無鉄砲で小供の時から損ばかりしている」という一文で主人公の性格がはっきりと表現されているのです。主人公は前後を考えないで、向こう見ずに事を行う人で、こうした無鉄砲な性格は親から遺伝したものであり、そのことで損ばかりしてしまうという話がこれから展開されることが、冒頭のこの一文で全て言い表されているのが、漱石のすごさです。

こんなに細かく語彙を説明しなくてもよいのでは、と思う方もいらっしゃるかもしれませんが、『坊っちゃん』は語彙の宝庫であり、深く知れば知るほど面白い文学ですから、これぐらいわかりやすく説明するのもよいのではないでしょうか。

次に「**無闇**」を引いてみます。

「無闇」も当て字です。「闇」のほかに「暗」の字を当てる場合もあります。これは「闇が無い」という意味ではなくて、もともと「むやみ」という言葉が大和言葉にあって、それに漢字を当てただけです。

漱石の作品の面白さは、漱石独自の当て字だけではなくて、当時使われていた当て字がふんだんに出てくることです。当時、当て字は自由奔放に行われていて、たいていの事はやってよいことになっていました。万葉仮名の世界を考えればわかるように、大和言葉が先にあって、そこに漢字を当てていったわけです。

当て字は、もともと緩やかで自由のきくものとして行われていたのです。今は、どのような漢字を書くかについて、皆がちょっとした違いにうるさくなっていますが、明治時代には、このように自在に当て字を施すことができたのです。

大和言葉と漢字の関係の歴史を考えれば、昔から自由に漢字を当てることができたことは明らかです。しかし今は、大和言葉と漢字の関係を忘れてしまっている人が多いので、それはそうは書かないとか、「むやみ」という字はこの漢字で書かなければいけないとか、決めつけてしまう。そうした柔軟性のなさは、実は教養のなさでもあるのです。

言葉を緩やかに使いこなすことができることこそ、語彙力がある、教養があるということなのです。

さて、『日本国語大辞典』によると、「無闇」の意味は、一番目に「前後を考えないこと、理非を分別しないこと」とあります。その用例として、江戸時代の『浮世風呂』から「あんまりてへばむやみな仕方だ」という使い方が出ています。

前後を考えないとは、無鉄砲と同じような意味です。ここで主人公がどんな無闇なことをしたかというと、「小学校にいる時分学校の二階から飛び降りて一週間ほど腰を抜かした」とありますから、確かに前後を考えない振る舞いです。

「無闇」の二番目の意味として、「度を越すこと。また、そのさま」とあります。度を越して二階から飛び降りてしまったのでしょう。

ここで『広辞苑』も引いてみます。すると、関連項目に「無闇矢鱈」という言葉があるのでジャンプしてみると、「むやみ」を強めていう言葉、無茶苦茶の意味とあり、「無闇矢鱈に腹が立つ」という用例が出ています。さらに「矢鱈」を引きます。「矢鱈」も当て字で、順序・秩序・節度などがないさま、程度が並外れてはなはだしいさま、無茶苦茶の意味であることがわかります。

このように、一つの語彙を調べていく過程で、関連した言葉、気になった言葉を次々にジャンプして引いていくことで、語彙の世界が広がっていきます。このあとも、そのやり方で、重要な言葉を拾っていきましょう。

次に、「そこから飛び降りることは出来まい。弱虫やーい。と囃したからである」と、友達から挑発されて、主人公が飛び降りた理由が明かされます。ここで「**囃す**」という言葉を国語辞典で引いてみると、お囃子を奏する、声を出して歌曲の調子をとるのほかに、うまくさそって気分を起こさせる、調子に乗せる、からかって囃すなど、挑発する意味もあります。歌舞伎などで演奏して賑《にぎ》やかにする「お囃子」と「囃す」に同じ意味のつながりがあることがわかります。

相手を調子に乗せて何かさせるというと、一気飲みもそうですね。「イッキ、イッキ」と囃して、ついつい飲み過ぎにさせてしまいます。そのように、無闇な行動をやたらと助長するのが「囃す」ことです。

ここで「**囃**」の字を、電子辞書の中にある漢和辞典にジャンプして引いてみると、歌や舞に合わせて調子をとる掛け声、また鳴り物、という意味が出てきます。お囃子の鳴り物を鳴らすとか、おだてる、調子に乗せるなどの意味が、元の漢字「囃」にもあることがわかります。

ここで国語辞典に戻ってみると、「囃す」は繁栄の「栄」の字と同語源だと書かれています。「はやす」という大和言葉がいくつかあって、繁栄する意味にもつながっています。

さて、この段落の最後に「おやじが大きな眼をして二階位から飛び降りて腰を抜かす奴があるかといったから、この次は抜かさずに飛んで見せますと答えた」とあります。

ここに意地っ張りな主人公の性格がもろに出ています。この短い段落の中で、これほど的確に主人公の性格描写をし、しかもエピソードを入れて面白く書けるのが、漱石の文章表現の絶妙さです。ちなみに、勝海舟の父、勝小吉の『夢酔独言』という本も似た面白さがあります。

小学生と『坊っちゃん』を音読すると「この次は抜かさずに飛んで見せます」のところでみんなが笑うわけです。「そこは飛んじゃダメだろう」と突っ込みを入れたくなるのです。この冒頭の数行だけで、主人公の無鉄砲さがわかるし、「親譲り」という文章から、注意している父親も無鉄砲な人だったのかもしれないとイメージがわいてきます。

「おやじが」とありますが、「おやじ」には「父」とはちょっと違うニュアンスがあると思います。これは、もしかしたら庶民の家なのかなあと思わせる表現です。

「**おやじ**」を国語辞典で引くと、父親を親しんで呼ぶ語、年取った男を親しみを込めて呼ぶ語、とあります。漢字では「親父」と書きますが、「おやちち」が変化した語とも言われ、親仁、親爺とも書く、とあります。

「おやじ」「ちち」「おとうさん」「おとっちゃん」など、父親の呼び方はさまざまありますが、親をどう呼ぶかによって、家庭環境やその家庭の雰囲気がわかってきます。冒頭の一段落を詳しく見てきましたが、ここを見るだけでも日本語の広がりが感じられますし、漱石の言葉のセレクトがとても的確だということが、読者の方にも伝わったと思います。

例えば現代風に言い換えて、「親から受け継いだ前後の見境がない性格のために、子どもの頃から損をしています」としたら、あまり面白くありません。「親譲り」という言葉が面白いし、「無鉄砲」という言葉も的確で本質を突いています。

また「弱虫やーい。と囃した」という文によって、一瞬のうちに周りの友達がわーわー騒いで盛り上げている様子が映像としてイメージできます。一つ一つの言葉のセレクトが優れているうえに、それが凝縮して、文章の味わい、面白さになっていると思います。

ある日の夕方折戸《おりど》の蔭《かげ》に隠れて、とうとう勘太郎を捕《つら》まえてやった。その時勘太郎は逃げ路《みち》を失って、一生懸命に飛びかかって来た。向うは二つばかり年上である。

弱虫だが力は強い。**鉢《はち》の開いた頭**を、こっちの胸へ宛《あ》ててぐいぐい押した拍子《ひょうし》に、勘太郎の頭がすべって、おれの袷《あわせ》の袖《そで》の中に這入《はい》った。

〈(一)より〉

キーワードは「**鉢の開いた頭**」です。岩波文庫の「注」には、「横まわりの広い頭」と書いてあります。「**鉢**」を国語辞典で引くと、上部の広く開いた食器とあります。頭の上の方が少し広がっているということですから、頭まわりの大きい、逆円錐形のような頭だとわかります。

鉢に関連して思い出すのは、私が小さい頃に読んだ絵本の「鉢かづき」という物語です。『御伽草子《おとぎぞうし》』の中の一つで、室町時代末に成立した作品です。臨終の母に鉢をかぶせられた娘が、継母にいじめられて家出をし、いろいろ苦労するのだけれど、そのつど鉢の力によって窮地を脱出して幸福になる話です。生みの親がかぶせた鉢が娘を守り、鉢のお陰で幸せになるという、継母説話に長谷観音霊験譚を絡ませた物語で、国語辞典にも古語辞典にも載っていますから、引いてみて興味を広げていくのもよいと思います。

おやじは些《ちっ》ともおれを可愛《かあい》がってくれなかった。母は兄ばかり**贔屓**《ひいき》にしていた。この兄はやに色が白くって、芝居の真似《まね》をして**女形**《おんながた》になるのが好きだった。おれを見る度《たび》にこいつはどうせ碌《ろく》なものにはならないと、おやじがいった。乱暴で乱暴で行く先が案じられると母がいった。

〈(一)より〉

主人公は、母に贔屓されている兄と比べられて嫌になり、これが家を出るきっかけになってしまうわけです。

「**贔屓**」を国語辞典で引くと、「大いに力を入れること」という意味があり、転じて「自分の気に入った者を引き立て、特に力添えすること」とあります。

そこで関連項目を見てみると、「贔屓の引き倒し」という言葉があり、その意味を引くと「贔屓し過ぎて、かえってその人の迷惑、不利となること」とあります。ある人を応援し過ぎたために、周りの人からあの人を贔屓し過ぎてずるいと思われて、かえって迷惑になることです。

この意味とは少し違いますが、毎年ノーベル文学賞の時期になると、村上春樹さんを応援するハルキストと呼ばれる人々が受賞の知らせを待っています。ノーベル賞の候補は公表されていませんから、毎年あのように「今年もとれなかった」と残念がる様子が話題になるのはおかしな話で、私が村上春樹さんでしたら、集まって待つようなことはしないでほしいと思うかもしれません。芥川賞の場合は事前に候補が公表されますが、ノーベル賞はそうではないのにハルキストの贔屓の度合いが熱烈なためにニュースになってしまうということを思い出しました。

贔屓は、もともと「ひき」から変化した言葉で、大和言葉の「ひき」は、自分の方に引っぱってくる意味からきたのでしょう。

贔屓という字が面白いと思った方は、漢和辞典にジャンプして引いてみましょう。

漢和辞典を見ると、この漢字が国字であることがわかります。国字とは、漢字の構成法にならって日本で作られた文字のことです。贔屓は「特に引き立てること、また、その人」の意味であり、もともとは「さかんに力を用いる」意味です。「贔」には「貝」が三つ使われていますが、「貝」は財力の意味なので、財力を抱えてその力を振るうという意味になります。

もう一つ、「**女形**」を引くと、演劇で女の役を演じる男の役者のこととあり、江戸時代初期に女歌舞伎が禁止されたために、男が演じるようになったことがわかります。「女形」には「おやま」という読みもあります。

ある時将棋《しょうぎ》をさしたら卑怯《ひきょう》な待駒《まちごま》をして、人が困ると嬉《うれ》しそうに冷やかした。あんまり腹が立ったから、手にあった飛車《ひしゃ》を眉間《みけん》へ擲《たた》きつけてやった。眉間が割れて少々血が出た。兄がおやじに言付《いっ》けた。おやじがおれを**勘当**《かんどう》すると言い出した。

〈（一）より〉

「**勘当**」という言葉は、昔はよく子どもが悪さをすると、親が「もう勘当だ」と言ったものでしたが、今はあまり使われないようです。国語辞典を引くと、もともとの意味は、「勘《かんが》え当てる」こととか、「罪を調べて刑を当てる」ことです。刑を当てるとは、どのような刑罰が相当であるかという意味です。やがて、「しかる」意味になり、江戸時代には、親子関係を断つ意味で使われるようになりました。そこから一般に、親や師匠などが子や弟子に対して、それまでの縁を切る意味で使われるようになりました。漱石がここで使ったのは、この最後の意味です。

『日本国語大辞典』では、「子や弟子に対して縁を切る」意味で使った用例として、『坊っちゃん』の「おやじがおれを勘当すると言い出した」が掲載されています。その言葉がその意味で使われたと確認できる最初の例を、用例として年号、作品名とともに示しているところが『日本国語大辞典』の非常に優れた点です。

この下女はもと**由緒**《ゆいしょ》のあるものだったそうだが、**瓦解**《がかい》のときに**零落**《れいらく》して、つい奉《ほう》公《こう》までするようになったのだと聞いている。だから婆《ばあ》さんである。この婆さんがどういう因縁《いんねん》か、おれを非常に可愛がってくれた。不思議なものである。母も死ぬ三日前に愛想《あいそ》をつかした——おやじも年中《ねんじゅう》持て余している——町内では乱暴者の**悪**《あく》**太郎**《たろう》と**爪弾き**《つまはじ》をする——このおれをむやみに珍重《ちんちょう》してくれた。おれは到底人に好かれる性《たち》でないとあきらめていたから、他人から**木の端**《きのはし》のように取り扱われるのは何とも思わない、かえってこの清のようにちやほやしてくれるのを不審に考えた。

二

〈（一）より〉

「由緒のあるものだったそうだが、瓦解の時に零落して、つい奉公までするようになった」というのは下女の清《きよ》のことです。

父親はかわいがってくれない。母親は兄貴をひいきする。そういう孤独感の中で、清だけが主人公をかわいがってくれました。清はとても重要な人物で、この物語の最後は「だから清の墓は小日向《こびなた》の養源寺《ようげんじ》にある」という文で終わっています。養源寺は坊っちゃんの家の菩提寺《ぼだいじ》です。そこからもわかるように、清は隠れた主役なのです。

「**由緒**」とは、物事の由来した端緒という意味で、そもそもの起こりのことです。「由緒ある壺」とか「由緒正しい」という言い方をします。国語辞典で関連項目を引いてみると、家の来歴や系譜・親類を書き上げた書類を「由緒書」と言うとあります。ということで清は、もともとは由緒正しい家柄の出身だとわかります。

「**瓦解**」の「瓦」は「かわら」とも読みます。辞書で「瓦解」を引くと、屋根瓦の一部が落ちればその勢いで次々に落ち、ついに全部が崩れ落ちることからきていることがわかります。うまい言い方です。転じて、組織的な物事の一部が壊れて、それによって全体が壊れる意味に使われるようになりました。

この二つ目の意味が大事で、『日本国語大辞典』では、明治維新で徳川幕府が崩壊した時のことを指しているとあり、その用例として『坊っちゃん』の「この下女は由緒のあるものだったそうだが、瓦解の時に零落して」という文章が使われています。おそらく漱石が『坊っちゃん』で初めて徳川幕府の崩壊を「瓦解」と表現したので、辞書にも載せているのでしょう。

ですから清は、徳川幕府が崩壊して江戸時代が終わったときに零落した、元は身分の高い家柄の女性だったことがわかります。

「**零落**」とは、何かが落ちることなのだろうと想像がつくと思います。国語辞典を引くと、「落ちぶれて貧しくなること」とあります。もともとは、草木の花や葉が枯れ落ちる意味に使っていたものです。それを落ちぶれ、貧しくなることの意味に使うようになり、土地・建物などが荒れ果てること、さびれること、また芸道や芸術がすたれることにも使われるようになりました。

「零」は、ゼロの意味で使いますが、漢和辞典を引くと、もともとは「静かに降る雨」「こぬか雨」の意味があり、雨がしとしとと降る、そこから、おちる、こぼれる、おちぶれる意味になっていったようです。ですから「零」と「落」のどちらの字にも落ちる意味があるわけです。

「乱暴者の**悪太郎**と**爪弾き**にする」とあります。「悪太郎」とは、国語辞典を引くと、荒々しい男、悪童などとありますが、いかにも悪そうな感じがするのでわかりやすい言葉です。「爪弾き」という言葉は、今はあまり一般的に聞かれないかもしれませんが、ピンと爪で弾くことで、「爪弾きにする」とは、他を嫌って排斥すること、誰かを向こうにやってしまうことを言います。ここでは、爪で弾くようにして、自分は嫌われ遠ざけられたと言っているわけです。

「つめ」が変化して「つま」という音になっていますから、「つまはじき」と聞いて、「爪弾き」と漢字で書ける人は、漢字力があると思います。

「他人から**木の端**のように取り扱われる」とありますが、「木の端」を国語辞典で引くと、木の切れ端が転じて、人が捨てて顧みないつまらない物。主として僧侶などの身をたとえていう、とあります。どっちでもよいもの、取るに足りないものだということです。
木の切れ端のことを「木《こ》っ端《ぱ》」と言いますが、これも、取るに足らないつまらないものの意味です。関連項目として、「木っ端の火」という言葉があります。木っ端が燃える火は長く持たないところから、はかないこと、たわいないことのたとえとして、「木っ端の火」という言い方もあることが学べます。

また「木《こ》っ端《ぱ》微塵《みじん》」もあります。細かく粉々に砕けることを指す言葉です。「粉《こな》微塵」と同じ意味ですが、「窓ガラスが木っ端微塵に砕ける」などと使います。「木っ端微塵」という言葉は今でも使いますが、漢字が面白いですね。

清は時々台所で人のいない時に「あなたは真《ま》っ直《すぐ》でよい御気性《ごきしょう》だ」と賞《ほ》める事が時々あった。しかしおれには清のいう意味が分からなかった。好《い》い気性なら清以外のものも、もう少し善くしてくれるだろうと思った。清がこんな事をいう度におれは**御世辞**《おせじ》は嫌《きらい》だと答えるのが常であった。すると婆さんはそれだから好い御気性ですといっては、嬉しそうにおれの顔を眺めている。自分の力でおれを**製造して**誇っ

　てるように見える。少々**気味がわるかった**。〈(二)より〉

「御世辞」は「世辞」に「御」が付いた言葉ですが、「世辞」を国語辞典で引くと、相手を喜ばせようとして、実際以上に褒める言葉、とあります。

関連項目にジャンプしてみると、慣用句として「世辞で丸めて浮気で捏《こ》ねる」がありま す。甘い言葉でだまして思わせぶりな様子で人の気を引く、という意味です。

また「世辞賢い」という慣用句もあります。世辞が上手とか、世渡りが巧みなどの意味で使います。

清があまりに褒めるので、主人公は「御世辞は嫌いだ」と言うのですが、清は主人公の正直なところが大好きなので、「だから好い御気性です」とうれしそうにしています。

そこで「自分の力でおれを製造して誇ってるように見える」と続くのですが、ここは小学生がみんな笑うところです。**「製造して」**という言葉が面白いのです。

普通、「製造する」のは物なのですが、ここでは人間の話をしているわけです。しかも自分で生んで育てているわけでもないのに、物を造るかのように「おれを製造して」と誇っているのが面白い。小学生にもこれがジョークだとちゃんとわかるのです。「製造」とは、原料を加工して製品にすることなので、普通は人間に対して使わない。それをあえて人間に使ったユーモアで、小学生を笑わせてしまうところが漱石のうまいところです。

清が褒めてくれるのだからいいじゃないかと思いますが、主人公は「気味が悪い」と言っています。「**気味が悪い**」は、気持ちがよくない、恐ろしい感じがするという意味ですが、そういうところが、坊っちゃんの性格が出ていて面白いところです。

> 折々は自分の小遣《こづかい》で**金鍔**《きんつば》や**紅梅焼**《こうばいやき》を買ってくれる。寒い夜などはひそかに蕎麦粉《そばこ》を仕入れて置いて、いつの間にか寐《ね》ている枕元《まくらもと》へ蕎麦湯を持って来てくれる。時には鍋焼饂飩《なべやきうどん》さえ買ってくれた。ただ食い物ばかりではない。**靴足袋**《くつたび》ももらった。
>
> 〈（一）より〉

「**金鍔**」は、もともと金色の金属で作った刀の鍔のことですが、ここでは刀の鍔に形が似ている菓子のことです。ジャンプして「金鍔焼き」を引いてみると、水でこねたうどん粉を薄くのばして餡《あん》を包み、刀の鍔に似せて平たくして焼いた菓子、金鍔ともいう、とあります。「**紅梅焼**」は、小麦粉に砂糖と白玉粉を混ぜてこねてのばし、梅の花の形の型に押して焼いた煎餅のことです。「**靴足袋**」とは、靴下のことです。

このような古い言葉を細かく引いていく学びの形を実践していた伝説の国語教師がいます。灘中学校・高等学校の橋本武先生は、教科書を使わずに中勘助の『銀の匙』一冊を3年間かけてじっくり読み込む授業を行っていました。寄り道につぐ寄り道をしながら深く掘り下げていく授業をされた先生で、橋本先生の授業を受けた卒業生の方はインタビューで、「あの授業は一生忘れられない。一見、無駄なことばかりやっているようなのだけれど、深く深く入っていくので、文学の面白さ、日本語の面白さに目覚めた」と言っていました。深く教養的な授業だと思います。

向で部屋へ持って来て御小遣いがなくて御困りでしょう、御使いなさいといって呉《く》れたんだ。おれは無論入《い》らないといったが、是非使えというから、借りて置いた。

実は大変嬉しかった。その三円を**蝦蟇口**《がまぐち》へ入れて、懐《ふところ》へ入れたなり便所へ行ったら、すぽりと**後架**《こうか》の中へ落してしまった。

〈（一）より〉

「蝦蟇口」とは、財布のことです。なぜ蝦蟇の字が使われているのか。それは、開いた形がガマの口に似ていることから、口金の付いた袋形の銭入れのことをがま口と言うようになったのです。今よく使われている、お札を入れる長財布とか、それを二つに折った形の財布は、がま口ではありません。

一昔前は、金属の口金が付いたぱちんと止める形の財布がよく使われていました。それを開くと、確かにカエルが口を開いているような感じがしたのです。ただし「蝦蟇」を辞書で引くと、実はヒキガエルのことで、ガマガエルではありません。中国の蝦蟇仙人や日本の自来也《じらいや》などの話に登場し、毒気を吐き、霧や雨を呼ぶものはヒキガエルの妖怪とされています。

そういえば「がまの油」というのがあったなあと思い出して辞書で引いてみると、ヒキガエルから分泌される液を成分とし、軟こう剤はひび、あかぎれ、外傷の治療に使用されて、江戸時代から明治時代には、香具師《やし》が販売していた薬とあります。「手前、ここに取りいだしたるは、筑波山名物ガマの油…一枚が二枚、二枚が四枚…」という香具師たちの巧みな口上と演技が有名です。

「**後架**」とは便所の壺のことで、昔、禅寺で僧堂の後ろに洗面所や便所があったことから転じたと言われています。

> しばらくすると井戸端《いどばた》でざあざあ音がするから、出て見たら竹の先へ蝦蟇口の紐《ひも》を引き懸けたのを水で洗っていた。それから口をあけて壱円札を改めたら茶色になって模様が消えかかっていた。清は火鉢《ひばち》で乾かして、これでいいでしょうと出した。ちょっとかいで見て臭いやといったら、それじゃ御出しなさい、取り換えて来て上げますからと、どこでどう**胡魔化《ごまか》した**か札の代りに銀貨を三円持って来た。
>
> 〈（一）より〉

「**胡魔化す**」という言葉は、『坊っちゃん』の中にたくさん出てきます。「誤魔化す」の字を当てる場合もあり、どちらも当て字です。「笑ってごまかす」など、今でも当たり前に使う言葉ですが、辞書で引いてみると、人の目を紛らわすとか、人目を欺いて悪いことをする不正行為の意味で使うのが本来だったようです。

一説によると、胡麻《ごま》の入った練り菓子があって、それには餡子が入っていなかった。餡子が入っていると思って食べたらなかったので、期待はずれなこと、人の目を欺くことの意味に使われたと言います。

実際に私はあるテレビ番組で胡麻菓子を再現したものを食べたことがあるのですが、中身の餡がなかったので、ちょっと素っ気ない味でした。

もう一つの説は、真言密教などで護摩壇《ごまだん》を設けて護摩をたく修法をするとき、護摩の灰が霊力のある物とされていたのですが、その護摩の灰を別の適当な灰にすりかえて売る人間が出てきたので「ごまかす」という言葉ができたとする説など、諸説があります。

おやじは頑固《がんこ》だけれども、そんな**依《え》怙《こ》贔《ひい》屓《き》**はせぬ男だ。しかし清の眼から見るとそう見えるのだろう。全く愛に溺《おぼ》れていたに違ない。元は身分のあるものでも教育のない婆さんだから仕方がない。単にこればかりではない。**贔負目**《ひいきめ》は恐ろしいものだ。

〈(一)より〉

ここでは「贔負」と当て字をしていますが、前に述べた「贔屓」の関連語句が二つ出てきます。「**依怙贔屓**」は、自分の気に入った者や関係のある者だけの肩を持つことです。「依怙」とは、一方に偏って贔屓するという意味です。

「**贔屓目**」は、贔屓する立場から見た好意的な見方のことです。

おれはその時から別段何《なに》になるという**了見**《りょうけん》もなかった。しかし清がなるなるというものだから、やっぱり何かになれるんだろうと思っていた。今から考えると馬《ば》鹿《か》々《ば》々《か》しい。ある時などは清にどんなものになるだろうと聞いて見た事がある。ところが清にも別段の考《かんがえ》もなかったようだ。ただ**手車**《てぐるま》へ乗って、立派な玄関のある家をこしらえるに相違ないといった。

〈(一)より〉

「**了見**」という言葉を、漱石はよく使います。了見を辞書で引くと、「料簡」「了簡」「量見」など漢字はたくさんあります。よく考えてより分ける、考えて判断することや、その考えのことです。『日本国語大辞典』では、浮世床の「そりゃあ、どういう了簡《りょうけん》だ」という用例が示されています。昔の人は「そんなことするとは、いったいどういう了見だ」などと、よく使ったものです。ここでは、特に何の考えもなかったという意味で使っていますが、「了見もなかった」という表現は漱石らしい表現で、昔風でちょっと面白いと思います。

関連した慣用句として、「了見もない」があり、手を下しようもない、どうにもしようがない、という意味です。「了見に及ばぬ」も同じ意味です。「了見を加える」は、対策を講ずる意味です。

「**手車**」とは、この場合は人力車のことです。

ただ清が何かにつけて、あなたは御可哀想《おかわいそう》だ、**不仕合**《ふしあわせ》だとむやみにいうものだから、それじゃ可哀想で不仕合せなんだろうと思った。その外に苦になる事は少しも

＝　なかった。ただおやじが小遣を呉れないには**閉口**した。〈(一)より〉

漱石はここで「不幸せ」ではなく、「**不仕合わせ**」と書いています。「仕合わす」という言葉は、うまくはからって、ふさわしい状態にする。二つの物をぴったり合うようにする意味です。「仕合わす」の連用形が名詞化したのが「仕合わせ」で、巡り合わせとか、運命、なりゆきの意味が転じて、運がよいこと、幸運に巡り合うこと、という意味になります。その反対に、物事がうまく流れていかないのが「不仕合わせ」になります。

中島みゆきさんの「糸」という曲の歌詞にも、「逢うべき糸に　出逢えることを　人は仕合わせと呼びます」とあります。

いろいろな出来事にぴったりタイミングが合うとか、機会を捉えてぴったり合うことが仕合わせということですから、チャンスを捉える人は仕合わせで、チャンスを捉えない人は不仕合わせだと言うこともできます。もしかしたら、世の中で不仕合わせな人は、世の中とぴったり合っていないのかもしれません。しかし、坊っちゃんの場合は、自分のことをそんなに不仕合わせだと思っているわけではありません。

「**閉口**」は、口を閉じることですが、言葉に詰まるとか、嫌になるとか、困るとかの意味に転じていきます。

『日本国語大辞典』を引くと、本来は意志的に口を閉じること、口をきかないことの意味だったのが、やがて受け身の状態のまま口がきけなくなる意味になり、そこから言い負かされて降参するとか、困る、弱るなどの意味に派生していったと書いてあります。

兄はそれから道具屋を呼んで来て、先祖代々の**瓦落多**《がらくた》を**二束三文**《にそくさんもん》に売った。家屋《いえや》敷《しき》はある人の周旋である**金満家**《きんまんか》に譲った。〈(一)より〉

「**瓦落多**」は芥《あくた》、つまりごみや廃物の略とも言われていて、価値や用途のない雑多な品物のことです。「瓦落多」や「我楽多」は当て字です。

「**二束三文**」とは、値段がきわめて安いことで、物を捨て売りにするときの値段のことです。江戸時代に金剛草履（わらなどで作った丈夫な草履。普通のものより後部が細長い）が二足で三文だったことから出た言葉です。だから元は「束」の字でなく、「足」の字を書いたと言われています。

「**金満家**」については、今は「お金持ち」と言いますが、昔は「金満家」という言い方をしました。面白い言い方ですね。

兄は無論連《つ》れて行ける身分でなし、清も兄の尻にくっ付いて九州**下り**《くんだ》まで出掛ける気は**毛頭なし**《もうとう》、といってこの時のおれは四畳半の安下宿に籠《こも》って、それすらもいざとなれば直ちに引き払わねばならぬ始末だ。

〈(一)より〉

「**下り**《くんだ》」とは、下《くだ》りの変化した語で、中心地から遠く隔たった地を指す場合に、地名につけて「〇〇下り《くんだ》」と使い、そんな遠くまでという気持ちを込めて使います。『伊勢物語』の「東下り《あずまくだ》」も有名です。

「**毛頭なし**」は、毛の先ほどもない、これっぽっちもないという意味です。

三年間一生懸命にやれば何か出来る。それからどこの学校へ這入《はい》ろうと考えたが、学問は生来《しょうらい》どれもこれも好きでない。ことに語学とか文学とかいうものは**真平御免**《まっぴらごめん》だ。

〈(一)より〉

「**真平御免**」を辞書で引くと、元の意味は、平身低頭して謝るさま、とあります。全く嫌である、拒否したいなどの意味もあります。

地面に頭をこすりつけて平に謝るが転じて、なぜ拒否したいという意味になったのでしょうか。これは、頭を下げておいて拒否をする、ノーと口に出して言うのではなくて、平身低頭して何とか逃れるというように、相手に許しを請うときの言葉だったのですが、今では拒否する意味に変わってきたのです。そして謝る気持ちが毛頭なくなっているのが、とても日本的で面白いと思います。「真平御免」の字も面白いです。「平に」という言い方は、「平にご容赦下さい」とか、へりくだって言うときに今でもよく使います。また「ひらにひらに」という言葉もあります。「平に」を強めた言い方で、強く願うときに使います。「ひたすらに」の意味です。

「真平」は、「真平許されい」を略した言い方で、「真平だ」と言うだけでも真平御免と同じ意味で伝わります。「まっぴらごめんだ」という音の響きが、いかにも江戸っ子らしく、勢いが出ている感じがします。

この三年間は四畳半に**蟄居**《ちっきょ》して小言《こごと》はただの一度も聞いた事がない。喧嘩もせずに済んだ。おれの生涯のうちでは比較的**呑気**《のんき》な時節であった。

〈(二)より〉

「**蟄居**」とは、もともとは昆虫などが冬眠のために地中にこもることで、家の中に閉じこもって外に出ないことです。「**呑気**」は、暢気、暖気とも書き、当て字です。のんびりしていること、物事にあまり気を使わないことを言います。

家を畳《たた》んでからも清の所へは折々行った。清の甥というのは存外《ぞんがい》結構な人である。おれが行くたびに、おりさえすれば、何くれと**款待**《もて》**なし**てくれた。

〈(二)より〉

「もてなす」は、おもてなしとか、人に対して取りはからう、ごちそうするとかの意味ですが、漱石は「**款待なす**」と当て字をしています。

「もてなしよりとりなし（執成し）」という慣用句があります。客に対しては、饗応《きょうおう》するより上手にとりなすことが大事であるという意味です。

そんなにえらい人をつらまえて、まだ坊っちゃんと呼ぶのはいよいよ馬鹿気《ばかげ》ている。おれは**単簡**《たんかん》に当分うちは持たない。田舎へ行くんだといったら、非常に失望した容子《ようす》で、胡麻塩《ごましお》の鬢《びん》の乱れを頻《しき》りに撫《な》でた。

〈(一)より〉

「**単簡**」は、「短」の字を使い「短簡」と書くこともあります。単純でわかりやすい、シンプルという意味です。「簡単」と同じ意味で、今は簡単を使いますが、単簡と逆に言った面白さがあります。「単簡に」は「わかりやすく言えば」の意味です。

車を並べて停車場へ着いて、プラットフォームの上へ出た時、車へ乗り込んだおれの顔を眤《じっ》と見て「もう御別れになるかも知れません。随分**御機嫌《ごきげん》よう**」と小さな声でいった。目に涙が一杯《いっぱい》たまっている。

（一）より

「**御機嫌よう**」は慣用句で、御機嫌いかがという意味です。「よう」は「よい」が転じたものです。久しぶりに会ったときや別れるときなどに使う挨拶の言葉です。

「機嫌」とは、表情や言葉、態度に表れているその人の気分のことで、「機嫌をとる」は人が喜ぶような働き掛けをすることです。「御機嫌だ」と言う場合は、非常に機嫌がよい様子を表します。山崎正和さんの『不機嫌の時代』という名著には漱石も出てきます。

校長でも尋ねようかと思ったが、**草臥《くたび》れ**たから、車に乗って宿屋へ連れて行けと車夫《しゃふ》にいい付けた。車夫は威勢よく山城屋《やましろや》といううちへ横付《よこづけ》にした。山城屋とは質《しち》屋《や》の勘太郎《かんたろう》の屋号《やごう》と同じだからちょっと面白く思った。

（二）より

「**草臥れた**」とありますが、「草に臥す」という漢字を書くことがわかればいいと思います。「草に臥す」を、「くたびれ」と読むわけではないのですが、くたびれて草に寝転ぶ感じが出ているので、この場合は漢字の音を当てるのではなく、意味を当てて、こう書くようになったのだと思います。

漱石は「くたびれた」と書く時は、だいたいこの漢字を使っています。

「骨折り損のくたびれもうけ」という言葉がありますが、「くたびれもうけ」を辞書で引くと「草臥儲け」と書き、疲れただけで何のかいもないこと、とあります。また「草臥《くたびれ》休《やすめ》」という言葉もあり、疲れをとるために休息することです。

道中《どうちゅう》をしたら**茶代**《ちゃだい》をやるものだと聞いていた。茶代をやらないと粗末《そまつ》に取り扱われると聞いていた。こんな、狭くて暗い部屋へ押し込めるのも茶代をやらない所為《せい》だろう。見すぼらしい服装《なり》をして、ズックの革鞄と毛繻子《けじゅす》の蝙蝠《こうもり》傘を提《さ》げてるからだろう。田舎者のくせに人を見括《みくび》ったな。一番茶代をやって驚かしてやろう。

〈(二)より〉

「道中をしたら茶代をやるものだと聞いていた。茶代をやらないと粗末に取り扱われる」とありますが、「**道中**」とは旅行のことで、「東海道中」というような言い方をします。「**茶代**」は、飲食代の他に心付けで与えるチップのことです。主人公は、旅をして松山に着いたわけですが、この時代、旅をしたら宿などにチップを渡すもので、チップをあげないと粗末に取り扱われると聞いていた、と読めます。

狭くて暗い部屋に押し込められたのも、チップをやらなかったせいだろう、見くびられたと思っているのです。

ここで「茶代」という言葉に注目すれば、江戸時代から明治時代には、心付けにチップを渡していたことがわかります。日本にはチップの習慣がないと言われていますが、そんなことはなくて、かつては一種のチップの習慣があり、チップを渡すと良い部屋に通してくれることがこの作品を読むことでわかります。

飯を済ましてからにしようと思っていたが、**癪《しゃく》に障《さわ》った**から、中途で五円札を一枚出して、あとでこれを帳場《ちょうば》へ持って行けといったら、下女は変な顔をしていた。

それから飯を済ましてすぐ学校へ出懸《でかけ》た。

〈(二)より〉

坊っちゃんは、癪に障ったから、宿屋の下女に茶代として五円も渡してしまいます。

＝

「癪に障る」とは、胸や腹に急激に痛みが起こる、物事が気に入らなくて腹が立つなどの意味があるのですが、「障る」は障害の障の字で、妨げになる、体の害になる、という意味の漢字です。

「癪」は「癇癪《かんしゃく》を起こす」と言うときの癪で、腹立ち、怒りの意味です。「癇癪に障る」とも使います。「触《さわ》る」ではなく「障る」の字を使うことから、「癪」は障害的な意味だとわかると、日本語が理解しやすくなると思います。

電子辞書に入っている「日本語シソーラス」で引くと、癇癪とか、癇癪持ちとか、類語がいろいろ出ているので時々ジャンプすると面白いと思います。

シソーラスは、同じような言葉、類義語を集めたものなので、一つの言い方しか思いつかない人は、シソーラスを見れば、同じような意味でも言い方がたくさんあることがわかります。

坊っちゃんは、癇癪持ちだということですから、怒りん坊、短気、喧嘩早い人柄だったのでしょう。今で言うと、すぐムカつくということでしょうか。漱石自身も、喧嘩早くて怒りやすい人だったと言われています。

校長は薄髯《うすひげ》のある、色の黒い、**眼の大きな狸《たぬき》のような男**である。やに勿体《もったい》ぶっていた。

〈二〉より

校長は「**眼の大きな狸のような男**」とありますが、「あ、校長は狸に似ているんだ」と一発でイメージがわきます。校長のあだ名は狸になりますが、坊っちゃんのあだ名の付け方の面白さが、これからどんどん出てきます。

教員が控所《ひかえじょ》へ揃うには一時間目の**喇叭《らっぱ》**が鳴らなくてはならぬ。大分時間がある。校長は時計を出して見て、**追々《おいおい》ゆるりと**話すつもりだが、先ず大体の事を呑《の》み込んで置いてもらおうといって、それから教育の精神について長い御談義《おだんぎ》を聞かした。

（二）より

「**喇叭**が鳴らなくては」というところで、この頃は授業の始まりが鐘やチャイムではなくて喇叭を吹いて知らせていたことがわかります。

「**追々ゆるりと**話すつもりだが」もなかなか味わいのある言い方です。「追々」とは、引き続いて、次々と、順序を追ってという意味で、「追う」ニュアンスが入った言葉です。「追々連絡します」「追々ご報告します」などと使います。

「**追々ゆるりと**話すつもりだが」は、ゆっくりとだんだんわかってくれればいいという意味で使っています。

校長は、ゆっくりとなじめばよいのだから、まずは大体のことを飲み込んでほしいと思っていますが、坊っちゃんは、とにかくせっかちですから、松山のゆるりとした、のんびりとした感じは合わないのです。

「ゆるり」は「緩り」と書きますが、心置きなくくつろいでいる、ゆとりがある、という意味です。このゆるりとした感じと、坊っちゃんのせっかちな癇癪持ちの性格がぶつかり合うのが、この作品の面白さなのです。
坊っちゃんはテンポが速く、嘘が大嫌い。ところが、松山は緩やかで、はっきりしない。それが江戸っ子の坊っちゃんには、いらいらしてたまらないわけです。その雰囲気の違いが校長の「追々ゆるりと話すつもりだが」というところではっきりと出ています。

挨拶をしたうちに教頭の**なにがし**というのがいた。これは文学士だそうだ。文学士といえば大学の卒業生だからえらい人なんだろう。妙に女のような優《やさ》しい声を出す人だった。尤《もっと》も驚いたのはこの暑いのに**フランネルの襯衣《シャツ》**を着ている。いくらか薄い地《じ》には相違なくっても暑いには極ってる。文学士だけに御苦労千万《せんばん》な服装《なり》をしたもんだ。しかもそれが赤シャツだから人を馬鹿にしている。あとから聞いたらこの男は年《ねん》が年中《ねんじゅう》赤シャツを着るんだそうだ。
（二）より

「**なにがし**」という言葉が出てきます。後半にも出てきますが「某」の字を書きます（117頁参照）。名の代わりに用いる言葉で、「山田某とかいう人」や「何の某と名乗る」

のように使います。

「**フランネルの襯衣**」とは、もともと舶来の柔らかい毛織地で、木綿の国産も作られるようになり「ネル」とも言われました。フランネルシャツは略式の運動着や旅行着で、赤シャツはハイカラな教頭にはちぐはぐな取り合わせだったので、「赤シャツだから人を馬鹿にしている」と言っているわけです。

赤は体に薬になるからと、年がら年中赤シャツを着ているらしいのですが、この当時の男が赤いシャツを着ているのはかなり変わっているので、坊っちゃんはこの教頭に「赤シャツ」というあだ名を付けます。

浅井は百姓《ひゃくしょう》だから、百姓になるとあんな顔になるかと清に聞いて見たら、そうじゃありません、あの人は**うらなりの唐茄子《とうなす》**ばかり食べるから、蒼くふくれるんですと教えてくれた。それ以来蒼くふくれた人を見れば必ずうらなりの唐茄子を食った酬《むくい》だと思う。この英語の教師もうらなりばかり食ってるに違《ちが》いない。尤《もっと》もうらなりとは何の事か今以《いまもっ》て知らない。

〈（二）より〉

あだ名を付けることが『坊っちゃん』の中で重要なポイントになっています。例えば「**うらなりの唐茄子**」ばかり食べるから、あんなに顔が青白いのだと、「うらなり」というあだ名を付けてしまうのです。唐茄子とはカボチャのことです。

「うらなりとは何の事か今以て知らない」とありますが、「うらなり」を辞書で引くと、伸びたつるの末の方になった実のことで、つやがなくて味も落ちる、とあります。顔が長く青白くて元気がない人の意味もあります。

うらなりは、末の方になった実なので、漢字では「末成り」と書きます。なかなか「うら」を「末」とは書けないものです。

英語の教師に対して、うらなりの唐茄子ばかり食べているのではないかと思うくらい色つやがなく顔色が悪いので、「うらなり」と名付けましたが、逆に「うらなり」というあだ名によって、この人は元気がない人だとすぐわかります。うらなりの唐茄子をこの英語教師が食べたわけではないのだけれど、外見がぱっとイメージできる、ぴったりのあだ名です。

「うらなりばかり食ってるに違ない」と言いながら、「うらなりとは何の事か今以て知らない」というところも、笑うポイントです。私の推理ですが、漱石は『徒然草』の一節を踏まえている可能性があります。ある高僧が、道で擦れ違った人のことを「しろうるりに似ている」と連れに言います。「しろうるりとはどういうものか」と聞かれると、「自分も知らないが、あるとすればあの男の顔に似ているだろう」と答えたという話です。話も似ていますし、「しろうるり」と「うらなり」は語感も似ています。

坊っちゃんはあだ名付けが上手です。今の時代でいうと、芸人の有吉弘行さんが「おしゃべりクソ野郎」とか「ブス界一の美女」とか「元気の押し売り」とか、テレビでどんどんあだ名を付けていって人気が復活したのと似ています。

それからおれと同じ数学の教師に堀田《ほった》というのがいた。これは逞《たくま》しい**毬栗坊主《いがぐりぼうず》で、叡山《えいざん》の悪僧《あくそう》**というべき**面構《つらがまえ》**である。人が叮寧《ていねい》に辞令を見せたら見向きもせず、やあ君が新任の人か、些《ち》と遊びに来給《きたま》えアハハハといった。何がアハハハだ。そんな礼儀を心得《こころえ》ぬ奴の所へ誰が遊びに行くものか。おれはこの時からこの坊主に**山嵐《やまあらし》**という渾名《あだな》をつけてやった。

〈二〉より

叡山とは、比叡山のことです。「**毬栗坊主で、叡山の悪僧**」に見えるということは、とてもパワーがあるのでしょう。だから「うらなり」とは対照的な人物像がはっきりと出ています。

「**面構**」という言葉も日本語として面白い。今はあまり使わない言葉ですが、顔つきや顔立ちの意味です。「不敵な面構え」「ふてぶてしい面構え」のように使い、『明鏡国語辞典』によると、表情というよりは、強そうな、または悪そうな顔つきに使うとあります。怖そうな顔つきとか、強そうな顔つきと言うときに「面構え」を使うと、粋な表現になるのではないかと思います。

「この坊主に山嵐という渾名をつけてやった」とありますが、「**山嵐**」とは、背中の毛が硬化して長いとげとなっている、ウサギくらいの黒褐色の動物です。毛が逆立っていて、勢いがあるエネルギッシュな感じがします。

赤シャツ、うらなり、山嵐という性格の違う3人のあだ名が紹介されますが、漱石はこのように人物を的確に描写するのが大変上手です。これに校長の狸を加えれば、4人の登場人物の外見や性格が一気に紹介されることになります。

あだ名の付け方が『坊っちゃん』の面白さの一つになっています。昔は、よく学校の先生にあだ名を付けたものでした。「あだ名」を辞書で引いてみると、本名のほかに、親しんで、あるいはあざける気持ちから付けた名、とあります。「あだ」とは、「他」「異」の意味で、本名とは違う名前があだ名ということです。当て字で「渾名」と書きます。

山嵐は「おい君どこに宿《とま》ってるか、山城屋か、うん、今に行って相談する」といい残して白墨を持って教場へ出て行った。主任のくせに向から来て相談するなんて**不見識**《ふけんしき》な男だ。しかし呼び付けるよりは**感心**だ。

〈(二)より〉

これは、主任だから向こうから来る必要はないのだが、呼び付けるよりはよい、というジョークなのですが、こうした言い回しが漱石の文章の面白さです。

「**不見識**」とは、常識や判断力に欠けることで、「**感心**」とは、賞めるべきであるさまのことです。

昼飯《ひるめし》を食ってから早速清へ手紙をかいてやった。おれは文章がまずい上に字を知らないから手紙をかくのが大嫌《だいきら》いだ。またやる所もない。しかし清は心配しているだろう。難船して死にやしないかなどと思っちゃ困るから、**奮発して**長いのを書いてやった。その文句はこうである。

〔(二)より〕

清への手紙を、「**奮発して**長いのを書いてやった」とありますが、「奮発して」とは、奮い立ってサービスする意味で、「奮発して買う」というように使います。昔の人は何かを買うときや、お金を出すときによく使いました。今はあまり使わないかもしれませんが、面白い言葉です。

「きのう着いた。つまらん所だ。十五畳の座敷に寐《ね》ている。宿屋へ茶代を五円やった。かみさんが頭を板の間へすりつけた。夕べは寐られなかった。清が笹飴を笹ごと食う夢を見た。来年の夏は帰る。今日学校へ行ってみんなにあだなをつけてやった。校長は狸、教頭は赤シャツ、英語の教師はうらなり、数学は山嵐、画学は**の**

＝　**だいこ。**今に色々な事をかいてやる。さようなら」〈(二)より〉

この手紙は、電報のように一つ一つの文章が短いのが特徴です。また、手紙全体が短いのに、「奮発して長いのを書いてやった」と言うのが笑えるところです。手紙を書くのが大嫌いな坊っちゃんが、かわいがってくれた清に対する思いから頑張って書いたのだけれど、奮発したわりには大したことがなく、小学生は「全然長くないじゃん」と笑うわけです。この辺りが、漱石の仕掛けとして面白いし、うまいところです。「清が笹飴を笹ごと食う夢を見た。来年の夏は帰る」というように、なかなか良い文章が続きます。

「**のだいこ**」は、岩波文庫の「注」では、素人の幇間《ほうかん》のこと、とあります。「野太鼓」の「野」は野原の意味ではなく、素人の意味です。江戸時代から幕府公認の遊郭だった吉原以外で働く幇間の蔑称だったようです。

幇間とは、宴席で客の機嫌をとったり遊びを盛り上げたりする職業で、太鼓持ちのことです。ここでは誰の太鼓持ちをしているかというと、赤シャツの太鼓持ちです。画学（美術）を教えている先生が、赤シャツにおべっかを使うので、坊っちゃんは「のだいこ」とあだ名を付けたのです。

坊ちゃんは同僚や上司に対して一気にあだ名を付けましたが、この先、もめ事が起こるだろうことが予見されます。

とうとう明日から引き移る事にした。帰りに山嵐は通町《とおりちょう》で氷水《こおりみず》を一杯奢《おご》った。学校で逢った時はやに**横風**《おうふう》な失敬な奴だと思ったが、こんなに色々世話をしてくれる所を見ると、わるい男でもなさそうだ。ただおれと同じようにせっかちで**肝癪**《かんしゃく》**持**《もち》らしい。あとで聞いたらこの男が一番生徒に人望があるのだそうだ。

〈(二)より〉

ここでも「せっかちで**肝癪持**」が出てきます。この文章を読めば、坊っちゃんと山嵐が気の合ったよいコンビになることが予想できます。

「**横風**」という言葉は、今はあまり使いませんが、偉ぶって人を見下すような態度や言動を言います。尊大や横柄《おうへい》と同じ意味です。

いよいよ学校へ出た。初めて教場《きょうじょう》へ這入《はい》って高い所へ乗った時は、何だか変だった。講釈をしながら、おれでも先生が勤まるのかと思った。生徒は**八釜《やかま》しい**。時々図抜けた大きな声で先生という。先生には**応《こた》えた**。今まで物理学校で毎日先生々々と呼びつけていたが、先生と呼ぶのと、呼ばれるのは**雲泥《うんでい》の差**だ。何だか足の裏がむずむずする。

〈（三）より〉

「**八釜しい**」と漱石は書いています。「やかましい」を漢字で書くときは、普通は喧騒《けんそう》という熟語の「喧」の字を使って「喧しい」と書きますが、漱石は「八釜しい」の字を当てています。「やかましい」を辞書で引くと、騒がしい、こまごまとして煩わしいなどの意味があります。また、理屈っぽい、厳格であるなどの意味もあります。

「食べ物にやかましい」「しつけにやかましい」などと使います。今は「やかましい検査」とは言わないようですが、やかましい検査とは騒がしい検査ではなく、厳しい検査のことです。また、話題になる、評判が高い意味で「世間がやかましい」という言い方もあります。

「**応えた**」とありますが、先生に対して返事をしたのではありません。これは「時々図抜けた大きな声で先生」と呼ばれることが坊っちゃんには応えたという流れなので、この場合は響いた、負担になったという意味です。「寒さが身に応える」「大変な仕事で体に応えた」などの使い方をします。

坊っちゃんは、先生と呼ばれることに少しびっくりして、「足の裏がむずむずして」心身に応えてしまう。つまりここでは先生と呼ばれることが「負担になる」意味です。まだ先生慣れしていないことがわかります。今まで、先生と呼ぶことはあっても呼ばれることはなかったので、「先生と呼ぶのと、呼ばれるのは雲泥の差だ」と言っています。

「**雲泥の差**」という慣用句を辞書で引くと、比較にならないほどの大きな差異のこととあります。雲と泥の字を使った面白い言い方で、違いがはなはだしいときに使います。福沢諭吉の『学問のすすめ』にも、「その有様雲と泥《どろ》との相違あるに似たるはなんぞや」とあります。

　おれは卑怯《ひきょう》な人間ではない、臆病《おくびょう》な男でもないが、惜しい事に**胆力**が欠けている。

先生と大きな声をされると、腹の減った時に丸《まる》の内《うち》で**午砲**《どん》を聞いたような気がする。
〈(三)より〉

「おれは卑怯な人間ではない、臆病な男でもないが、惜しい事に胆力が欠けている」は、自己描写として面白い言い方です。坊っちゃんは、喧嘩早くて短気で、気が強そうなのですが、実は胆力に欠けているというのです。

「**胆力**」という言葉が出てきますが、日本で一番胆力がある有名人は、西郷隆盛と言われています。西郷隆盛は、度胸が据わっていて、少々のことでは驚かないので、そう言われたのでしょう。

坊っちゃんは、自分が「先生」と呼ばれただけでびっくりしてしまい、すぐ驚いて動じてしまうので、胆力が欠けていることになります。

「胆力」を辞書で引くと、物事に恐れず、臆せず、動じない心とあります。胆力の胆は肝臓、肝《きも》のことですから、肝が据わっている意味だとわかります。肝にはほかに、肝に銘ずる、肝を潰す、肝を冷やすなどの慣用句があります。

昔「肝っ玉母さん」というテレビドラマがありましたが、肝っ玉と呼ばれる度胸が、坊っちゃんにはなかったのでしょう。喧嘩早い割りにはすぐ動じてしまう、肝が据わっていない坊っちゃんの性格が、的確に描写されているのも面白いところです。胆力という言葉が昔はよく使われていたこともわかります。

またここで「丸の内で午砲を聞いた」とありますが、「午」とは正午のことですから、「**午砲**」は正午の号砲のことです。

辞書を引くと、サイレンが普及する前に、東京の丸の内で空砲を鳴らして正午の時刻を知らせたもの、とあります。

それで正午のことを「ドン」と言うようになりました。サイレンがなかった時代の、ちょっと面白い風習です。お昼にお腹が減ったときにドンという音を聞くとびっくりしたのでしょう。

おれは江戸っ子で**華奢**《きゃしゃ》に小作《こづく》りに出来ているから、どうも高い所へ上がっても**押しが利**《き》**かない**。喧嘩《けんか》なら相撲取《すもうとり》とでもやって見せるが、こんな**大僧**《おおぞう》を四十人も前へ並べて、ただ一枚の舌をたたいて恐縮させる手際《てぎわ》はない。しかしこんな田舎者《いなかもの》に弱身を見せると癖になると思ったから、なるべく大きな声をして、少々**巻き舌**《まきじた》で講釈してやった。 〈(三)より〉

この辺りの文章にも、坊っちゃんの短気で喧嘩早い割りには押しが利かない性格がよく出ています。

「**華奢**」は、上品で優雅だという意味もありますが、繊細でほっそりしている、つくりが弱々しいなどの意味もあります。坊っちゃんはがっちりとした人ではなく、ほっそりした人だったのでしょう。

「**押しが利く**」という慣用句を辞書で引くと、人を押さえて制する力がある意味だとわかります。

「こんな大僧を四十人も前へ並べて」とありますが、「小僧」に対して「**大僧**」という言葉を使っています。これは生徒のことなので、小僧と言うべき年頃なのですが、体が大きいので、ユーモアで大僧と言ったのです。「おおぞう」という言葉は辞書を引いてもありませんから、これは漱石のジョークだとわかります。

「**巻き舌**」とは、舌の先を巻くようにして強く、早口でまくしたてる口調のことです。

最初のうちは、生徒も**烟**《けむ》**に捲**《ま》**かれて**ぼんやりしていたから、それ見ろと益得意《ますます》になって、**べらんめい調**を用いてたら、一番前の列の真中にいた、一番強そうな奴が、いきなり起立して先生という。そら来たと思いながら、何だと聞いたら、「あまり早くて分からんけれ、もちっと、**ゆるゆる遣**《や》**って**、おくれんかな、もし」といった。

（三）より

「**烟に捲く**」を辞書を引くと、大げさに言い立てて相手を惑わせることとあります。こうした慣用句も覚えておきましょう。

「**べらんめい調**」は、江戸の下町で職人などが用いた口調です。相手をののしって言う「べらぼうめ」が転じて「べらんめい」になったとされています。

「べらぼう」とは、江戸時代の寛文年間に、見世物で評判をとった全身真っ黒で頭がとがり、目が赤くてまるい、ちょっと変わった「べらぼう」と呼ばれる人がいて、この見世物から「ばか」「たわけ」の意味になったのではないかと言われています。『広辞苑』には、井原西鶴が『日本永代蔵』の中で形のおかしげなものを「べらぼう」と名付けた、と載っています。「べらぼう」は漢字で「篦棒」と書きますが、当て字です。

そういうおかしな人がいたところから、相手をののしる「べらぼうめ」という言葉が生まれ、テンポよく言いたてることを「べらんめい調」と言うようになったのです。

「べらんめい調」は、坊っちゃんが江戸っ子である特徴が出ているところです。

対照的に、学生が「**ゆるゆる遣って**、おくれんかな、もし」と言うのが、松山のゆるいテンポが出ていて面白い。それに対して坊っちゃんは、「おれは江戸っ子だから君らの言葉は使えない」と言い放つわけです。

べらんめい調はテンポの速さを象徴する言葉ですから、東京と松山のテンポの違いやずれが巧みに表現され、漱石のうまさが出ています。

それからうちへ帰ってくると、宿の亭主が御茶を入れましょうといってやって来る。御茶を入れるというから御馳走《ごちそう》をするのかと思うと、おれの茶を遠慮なく入れて自分が飲むのだ。この様子では留守中も勝手に御茶を入れましょうを一人で履行《りこう》しているかも知れない。

〈（三）より〉

「**御馳走**」という言葉ですが、「馳走」を辞書で引くと、世話するために駆けまわる意味から、面倒を見る意味があります。用意のために駆けまわる意味から転じて、心を込めたもてなし、特に食事のもてなしをする意味に使うようになりました。

お茶は、宿の亭主のものではなく坊っちゃんのものなのに、それを遠慮なく勝手に入れて、亭主も飲むわけです。だから留守中も一人で勝手にお茶を入れているかもしれないことを、「**履行**」という堅い言葉をわざと使っておかしみを出しているのです。普通の文章で「勝手にお茶を入れて飲んでいるのじゃないか」と言ったら、ここまで面白くはないでしょう。同じ内容でも、このような漱石らしい表現を使うことで面白くしています。

教場の**しくじり**が生徒にどんな影響を与えて、その影響が校長や教頭にどんな反応を呈《てい》するかまるで無頓着《むとんじゃく》であった。おれは前にいう通りあまり度胸の据《すわ》った男ではないのだが、思い切りは**頗る**《すこぶ》いい人間である。この学校がいけなければすぐどっかへ行く覚悟でいたから、狸《たぬき》も赤シャツも、些《ちっ》とも恐しくはなかった。まして教場の小僧《こぞう》どもなんかには愛嬌《あいきょう》も御世辞《おせじ》も使う気になれなかった。〈(三)より〉

「**しくじり**」は「しくじる」という動詞の連用形が名詞化したものですが、物事をやり損なう、失敗をする意味です。ごく普通の日本語ですが、今、テレビで「しくじり先生」という番組があって、有名人が自分の失敗を教材にして、「こういうしくじりをしないように」と語って人気を博しています。この番組によって「しくじり」という日本語に光が当たり、最近は、「しくじり」が、おかしみのある失敗の意味で使われるようになってきました。

「度胸の据った男ではないのだが、思い切りは頗るいい」という表現は前にも出てきましたが、ここでも坊っちゃんの性格がよく表れています。「**頗る**」は、漱石がよく使う、漱石らしい言葉です。辞書で引くと、たいそうとか非常にとか、程度がはなはだしいさまを言います。

この辺りの文章は歯切れがよくて、漱石の文章の面白さが出ていると思います。

> その晩は久しぶりに蕎麦を食ったので、旨《うま》かったから天麩羅を四杯**平《たい》げた**。
> 翌日何の気もなく教場へ這入《はい》ると、黒板一杯位な大きな字で、**天麩羅先生**とかいてある。（中略）四杯食おうが五杯食おうがおれの銭《ぜに》でおれが食うのに文句があるもんかと、さっさと講義を済まして控所へ帰って来た。十分立って次の教場へ出ると**一つ天麩羅四杯也《なり》。但し笑うべからず**。と黒板にかいてある。さっきは別に腹も立たなかったが今度は癪《しゃく》に障《さわ》った。冗談も度を過ごせばいたずらだ。焼餅《やきもち》の黒焦《くろこげ》のようなもので誰も賞《ほ》め手はない。
>
> 〈（三）より〉

「**平らげる**」は、もともとは高低をなくして平らにする意味ですが、転じて食べ物を残らず食べ尽くすという意味になりました。

「**天麩羅先生**」はジョークです。そのあと、さらに「一つ天麩羅四杯也。但し笑うべからず」と生徒が坊っちゃんをからかうわけです。生徒もジョークを利かせたわけですが、坊っちゃんは今度はしゃくに障って、「焼餅の黒焦のようなもので誰も賞め手はない」と思います。この辺りの天麩羅のやりとりは面白いところです。

「一つ天麩羅四杯也。但し笑うべからず」という言い方も、立て札に書くような言い回しで、テンポがよくて軽快です。

翌日学校へ行って、一時間目の教場へ這入《はい》ると**団子二皿《ふたさら》七銭**と書いてある。実際おれは二皿食って七銭払った。どうも厄介な奴らだ。二時間目にもきっと何かあると思うと**遊廓の団子旨い旨い**と書いてある。あきれ返った奴らだ。団子がそれで済んだと思ったら今度は**赤手拭《あかてぬぐい》**というのが評判になった。(中略)

おれはこの手拭を行きも帰りも、汽車に乗ってもあるいても、常にぶら下げている。それで生徒がおれの事を赤手拭赤手拭というんだそうだ。どうも狭い土地に住んでるとうるさいものだ。(中略)

おれは人のいないのを見済《みすま》しては十五畳の湯壺を泳ぎ巡って喜こんでいた。ところがある日三階から威勢よく下りて今日も泳げるかなとざくろ口を覗《のぞ》いて見ると、大きな札《ふだ》へ黒々と湯の中で泳ぐべからずとかいて貼《は》りつけてある。湯の中で泳ぐものは、あまりあるまいから、この貼札《はりふだ》はおれのために特別に新調したのかも知れない。おれはそれから泳ぐのは断念した。泳ぐのは断念したが、学校へ出て見ると、例の通り黒板に**湯の中で泳ぐべからず**と書いてあるには驚ろいた。何だか生徒全体がおれ一人を探偵しているように思われた。くさくさした。生徒が何をいったって、やろうと思った事をやめるようなおれではないが、何でこんな狭苦《せまくる》しい鼻の先がつかえるような所へ来たのかと思うと情なくなった。

〈(三)より〉

「**団子二皿七銭**」「**遊郭の団子旨い旨い**」と、生徒が黒板に書いた文字に、坊っちゃんがあきれ返る様子が面白いところです。

温泉に行くのに赤い手拭をぶら下げていると、生徒から「**赤手拭**」と評判になる。温泉の湯の中で泳いでいて「泳ぐべからず」という札を貼られたのを生徒が知り、学校に行くと、例の通り黒板に「**湯の中で泳ぐべからず**」と書いてある。坊っちゃんは「生徒全体がおれ一人を探偵しているよう」に感じています。探偵しているとは、こっそり調べているという意味ですが、うんざりしている様子が「狭苦しい鼻の先がつかえるような所へ来た」と表現されています。

この辺りは、漱石の表現のテンポがよく、声に出して読むと面白いところですので、それを味わってください。

ここまでは『坊っちゃん』で使われている言葉を丹念に取り上げて、その言葉を多角的に見るとともに、漱石の表現の面白さを味わってきました。ここからは『坊っちゃん』に表れる漱石の特徴的な語彙を少し駆け足で見ていきましょう。

　すると狸はあなたは今日は宿直ではなかったですかねえと真面目《まじめ》くさって聞いた。なかったですかねえもないもんだ。二時間前おれに向って今夜は始めての宿直ですね。ご苦労さま。と礼をいったじゃないか。校長なんかになるといやに**曲《まが》りくねった言葉**を使うもんだ。

〈（四）より〉

「**曲がりくねった言葉**」とは面白い表現です。主人公は直線的な人なので、回りくどいのがとにかく合わない。ここでは直線対曲線の戦いのような趣があるので、「曲がりくねった言葉」という表現を使って、二つの言葉の対比をはっきりさせているのです。

けちな奴らだ、自分で自分のした事がいえない位なら、てんで仕《し》ないがいい。証拠さえ挙がらなければ、**しらを切る**つもりで図太《ずぶと》く構えていやがる。

〈（四）より〉

宿直の夜、布団の中にイナゴを入れられた坊っちゃんは、生徒を問い詰めますが、うまくかわされます。

「**しらを切る**」という慣用句は、今も普通に使われていますが、わざと知らないふりをする意味です。「しらばくれる」や「しらとぼけ」も同じ意味の言葉です。「しら」は「白」と書きますが、『明鏡ことわざ成句使い方辞典』を引くと、知らないことの意味で、「知らず」の「知ら」とする説もあります。また『日本語「語源」辞典』を引くと、ありのまま・真面目である意味の「しら」であるという説もあるようです。

学校へ這入《はい》って、嘘を吐いて、胡魔化《ごまか》して、陰でこせこせ生意気な悪いたずらをして、そうして大きな面《つら》で卒業すれば教育を受けたもんだと癇違《かんちがい》をしていやがる。話せない**雑兵**《ぞうひょう》だ。

〈(四)より〉

「**雑兵**」という熟語には、「雑」の字がありますが、「雑《ざつ》」を辞書で引くと、いろいろなものが入り交じるとか、粗くて念入りでないことの意味です。「雑役」「雑音」「粗雑」の「雑」でもありますから、入り交じって純粋ではない、雑多なとか、精密でない意味で使われていることがわかります。

この場合の「雑兵」を辞書で引くと、身分の低い歩卒の意味から転じて、取るに足りない者、くだらない者という意味があります。「雑兵」の意味がわからなくても、「雑」の字を見るだけで、大したものじゃないという意味がわかりますので、そういう言葉の感覚を身につけておくといいと思います。

一体中学の先生なんて、どこへ行っても、こんなものを相手にするなら気の毒なものだ。よく先生が品切《しなぎ》れにならない。よっぽど辛防《しんぼう》強い**朴念仁《ぼくねんじん》**がなるんだろう。
おれには到底やり切れない。

〈(四)より〉

「**朴念仁**」は、無口で愛想のない人、物事の道理のわからない者や気の利かない者をののしって言う語、と辞書にあります。「朴念仁」という漢字は当て字です。

清の事を考えながら、**のつそつしていると**、突然おれの頭の上で、数《かず》でいったら三、四十人もあろうか、二階が落っこちるほどどん、どん、どんと拍子《ひょうし》を取って床《ゆか》板《いた》を踏みならす音がした。すると足音に比例した大きな鬨《とき》の声が起った。おれは何事が持ち上がったのかと驚ろいて飛び起きた。飛び起きる途端に、ははあさっきの**意趣返《いしゅがえ》し**に生徒があばれるのだなと気がついた。

〈(四)より〉

宿直の夜の大騒ぎが続いています。
「**のつそつしている**」とは、岩波文庫の「注」によると、体を前後に屈身させ、姿勢を変えるさまで、「伸っつ反っつ」の促音の省略形か、とあります。
「**意趣返し**」は、恨みを返すこと。仕返しをすることで、「意趣晴らし」とも言います。

しめた、釣れたとぐいぐい手繰《たぐ》り寄せた。おや釣れましたかね、**後世《こうせい》恐るべし**だと野だがひやかすうち、糸はもう大概手繰り込んでただ五尺ばかりほどしか、水に浸《つ》いておらん。
〈(五)より〉

坊っちゃんが赤シャツ、野だいこに誘われて、海で釣りをする場面です。
「**後世恐るべし**」は、論語に出てくる言葉で、字は「後生畏るべし」と書きますが、後進の者は努力次第で将来どんな大物になるかわからないからおそれなければならないという意味です。つまり、若い人は伸びてくるから甘く見くびってはいけない、ということです。「後世恐るべし」が論語からとった言葉だとわかると、教養を感じさせます。

いけ好かない連中だ。バッタだろうが**雪踏《せった》**だろうが、非はおれにある事じゃない。

校長が一《ひ》と先《ま》ずあずけろといったから、狸《たぬき》の顔にめんじてただ今の所は控えているんだ。野だのくせに入《い》らぬ批評をしやがる。毛筆《けふで》でもしゃぶって引っ込んでるがいい。

（五）より

「バッタだろうが**雪踏**だろうが」は単なるしゃれですが、「た」の音で韻を踏んでリズミカルな表現をしています。「雪踏」は「雪駄」とも書き、竹皮の草履の裏に革を張った履物で、千利休が工夫したと伝えられています。千利休は、織田信長や豊臣秀吉の茶頭（茶の指導者）を務めた茶人です。当時の下駄は歩くとカランカランと音がして、上手に履きこなせる人が少なかったので、うるさくないように裏に革張りにしたのが雪駄です。雪駄のおかげで誰もが静かに歩くことができるようになったと言われています。

野だはまぼしそうに引っ繰り返って、や、こいつは降参だと首を縮めて、頭を掻《か》いた。何という**猪口才**《ちょこざい》だろう。

（五）より

「**猪口才**」とは、ちょっとした才能があって小ざかしいことで、ここでは、才能を鼻にかけた生意気な感じが出ています。「猪口《ちょこ》」を辞書で引いてみると、「さかずき」のことです。「ちょく（猪口）」が変化したもので、猪口は当て字です。

こいつのいう事は一々癪《しゃく》に障《さわ》るから妙だ。「しかし君注意しないと、**険呑《けんのん》**ですよ」と赤シャツがいうから「どうせ険呑です。こうなりゃ険呑は覚悟です」といってやった。

〈（五）より〉

「**剣呑**」という言葉は、今はあまり使われていませんが、辞書で引くと「険難《けんなん》」の変化した言葉で、「剣呑」は当て字です。危険だと思うさま、不安であるさまを表します。ですから、この文章を言い換えると「君、注意しないと危険ですよ」「どうせ危険です。こうなりゃ危険は覚悟です」となります。

「さ、そこで思わぬ辺《へん》から**乗《じょう》ぜられる**事があるんです」

「正直にしていれば誰が乗じたって怖くはないです」〈（五）より〉

「**乗ずる**」は、「乗る」意味から転じて、状況を巧みに利用する、つけ込むなどの意味です。ですから「乗ぜられる」は、相手からつけ込まれるという意味になります。

元来《がんらい》ならおれが山嵐と戦争をはじめて**鎬《しのぎ》を削ってる**真中へ出て堂々とおれの肩を持つべきだ。それでこそ一校の教頭で、赤シャツを着ている**主意**も立つというもんだ。〈（六）より〉

海釣りで、宿直の夜の騒動は山嵐が生徒をそそのかしたのだと赤シャツにほのめかされ、坊っちゃんは山嵐に腹を立てます。

「**鎬を削る**」という慣用句を辞書で引くと、互いの刀の鎬を削り合うほど激しい斬り合いをすること。転じて、激しく争う意味になりました。鎬とは、刀身の刃と峰（背）との間を縦に走り稜線をなして高くなったところです。

「**主意**《しゅい》」とは、主要な意図、主旨、明確な意志、ものの筋道という意味です。

文学士なんて、みんなあんな連中《れんじゅう》なら詰《つま》らんものだ。**辻褄**《つじつま》**の合わない**、論理に欠けた注文をして**恬然**《てんぜん》としている。しかもこのおれを疑ぐってる。**憚**《はばか》**りながら**男だ。受け合った事を裏へ廻って**反古**《ほご》**にする**ようなさもしい了見《りょうけん》は持ってるもんか。

〈（六）より〉

この辺りは、辞書で引くと面白い言葉が沢山あります。

「**辻褄の合わない**」は、筋道が通らないとか、前後が矛盾しているという意味です。

「辻」は裁縫で縫い目が十文字になる所、「褄」は着物の裾の左右が合う所で、「辻褄」は合うべき所がきちんと合うはずの、物事の道理や筋道のことです。

「**恬然**」とは、何事も気にかけることなく平然としているさま。

「**憚りながら**」は、生意気に聞こえるかもしれないがとか、恐れ多いことですが、申しにくいことだが、といった意味です。「憚り」とは、恐れつつしむこと、差し障りがあるという意味ですが、ほかに、人目をはばかる場所の意味から、古風な言い方では便所のことを指します。

「**反古にする**」には、不用な物として捨てる意味から、約束などをなかったことにする、破棄するという意味があります。

「下宿料の十円や十五円は懸物《かけもの》を**一幅**《ぷく》売りゃ、すぐ浮いてくるっていってたぜ」
〈(六)より〉

山嵐と言い争いになり、坊っちゃんは山嵐から自分が紹介した下宿を出てくれと言われます。

「懸物を**一幅**」とあります。懸物は、掛け物とも書き、書画を床の間に飾る掛け軸のことですが、懸物は一幅、二幅と数えます。物の数え方については、他の箇所にも出てきますが、例えばイカやタコだと一杯と数えます。イカをふくらませて乾燥させ、それを杯に使ったことから、一杯と呼ぶようになったと言われています。

校長はもうやがて見えるでしょうと、自分の前にある紫《むらさき》の**袱紗包**《ふくさづつみ》をほどいて、**蒟**《こん》**蒻版**《にゃくばん》のような者を読んでいる。赤シャツは琥珀《こはく》のパイプを絹ハンケチで磨き始めた。この男はこれが道楽である。赤シャツ相当の所だろう。ほかの連中は隣り同志で何だか**私語き**《ささや》合っている。**手持無沙汰**《てもちぶさた》なのは鉛筆の尻《しり》に着いている、護謨《ゴム》の頭でテーブルの上へしきりに何か書いている。

〈(六)より〉

宿直事件の処分について、職員会議が開かれています。

「**袱紗包**」とありますが、「袱紗」は絹などで作った小さな風呂敷のことで、それで包んだものを「袱紗包」と言います。「袱紗包みの菓子折」などのように使います。

「**蒟蒻版**」とは、こんにゃくを台にして印刷した謄写版の一種で、ここでは、それで刷ったもののことです。

「**私語**」と書いて「ささやき」と読ませているのも面白いところです（185頁参照）。

「**手持無沙汰**」は、手があいて間がもてないこと。することがなくて退屈な様子です。会議の雰囲気がよくわかります。

「学校の職員や生徒に過失のあるのは、みんな自分の寡徳《かとく》の致す所で、何か事件がある度《たび》に、自分はよくこれで校長が勤まるとひそかに慚愧《ざんき》の念に堪えんが、不幸にして今回もまたかかる騒動を引き起したのは、深く諸君に向って謝罪しなければならん」

〈(六)より〉

「**寡徳の致すところ**」とは、身に備わる徳の少ないこと、また、その人のことで、自らを謙遜した言葉です。「寡」は少ないということで、多い少ないを「多寡」とも言います。「**慚愧の念に堪えん**」とありますが、「慚愧」とは自分の行為を反省して、心から恥ずかしく思うこと、恐縮することです。もともと仏教の言葉で、「慚」は自ら恥じること、「愧」は人に向かってこれを表すという意味です。「慚愧に堪えない」「慚愧の念を催す」などの表現もあります。

「で固《もと》より処分法は校長の御考にある事だから、私の**容喙《ようかい》する**限ではないが、どうかその辺を**御斟酌《ごしんしゃく》**になって、なるべく寛大な御取計《おとりはからい》を願いたいと思います」

〈（六）より〉

「**容喙**」という言葉は、辞書を引かないと今の人は意味がわからないと思います。「喙」は「くちばし」と読み、喙を容《い》れる意味から、横合いから口を出すことを指します。

「**斟酌**」は、水や飲料などを汲み分けるという意味から転じて、あれこれ照らし合わせて取捨するとか、相手の心情などを考慮して取り計らうといった意味があります。同じような意味の言葉に「忖度《そんたく》」があります。

おれはこう考えて何かいおうかなと考えて見たが、いうなら人を驚ろかすように**滔々《とうとう》と**述べたてなくっちゃ詰らない、おれの癖として、腹が立ったときに口をきくと、二言《ふたこと》か三言《みこと》で必ず行き塞《つま》ってしまう。

〈（六）より〉

「**滔々と**」は、元は水が盛んに流れるさまの意味で、そこから弁舌によどみのないさま、よどみなく話すさまの意味があります。「滔々とまくし立てる」という使い方をします。

教育の精神は単に学問を授《さず》けるばかりではない、高尚な、正直な、武士的な元気を**鼓吹**《こすい》すると同時に、**野卑**《やひ》な、**軽躁**《けいそう》な、**暴慢**な悪風を**掃蕩**《そうとう》するにあると思います。もし反動が恐しいの、騒動が大きくなるのと**姑息**《こそく》な事をいった日にはこの**弊風**《へいふう》はいつ矯正《きょうせい》出来るか知れません。

〈（六）より〉

これは、職員会議で山嵐が話す言葉ですが、熟語が次々に並べられていて、今の時代では何を言っているのか意味がわからない人もいると思います。この頃は、漢字の熟語をすらすら言えることが教養があることだったのです。

「**鼓吹**」は、鼓を打ち笛を吹くという意味から、励まして元気づけること。

「**野卑**」は、下品で卑しいこと。

「**軽躁**」は、軽々しく思慮が浅いこと。

「**暴慢**」は、乱暴で自分勝手なこと。

「**掃蕩**」は、敵などをすっかり払い除くこと。今は「掃討」と書くのが普通です。

「**姑息**」は、しばらくの間とか息をつくことという意味が転じて、一時しのぎとか、その場のがれなどの意味になりました。ですから「姑息な手段」は、一時をしのぐ手段のことです。『明鏡国語辞典』には、「姑」はしばらくという意味なので、「姑息」を卑怯《ひきょう》の意味に使うのは本来は誤りであると書いてあります。

「**弊風**」とは、悪い風習のことです。

「しかし先生はもう、御嫁が御ありなさるに極《きま》っとらい。私《わたし》はちゃんと、もう、睨《ね》らんどるぞなもし」

「へえ、**活眼**《かつがん》だね。どうして、睨らんどるんですか」

〈（七）より〉

うらなり先生に紹介してもらった新しい下宿のお婆さんと坊っちゃんの会話です。

「**活眼**」を『日本国語大辞典』で引くと、物の道理を見抜く見識、物事を見抜く能力のことをあり、用例として『坊っちゃん』のこの部分の文章が載っています。

「そのマドンナさんが**不慥**《ふたしか》**な**マドンナさんでな、もし」

「厄介だね。渾名《あだな》の付いてる女にゃ昔から碌《ろく》なものはいませんからね。そうかも知れませんよ」
「ほん当にそうじゃなもし。**鬼神《きじん》のお松じゃの、妲妃《だっき》のお百**じゃのてて怖い女がおりましたなもし」
〈(七)より〉

「**不憔か**」も面白い言葉です。あやふやなさま、信用できないさまをいいます。「鬼神のお松」は、歌舞伎の『新版越白波《しんぱんこしのしらなみ》』などで有名になった女賊。「妲妃のお百」は、歌舞伎の『善悪両面児手柏《ぜんあくりょうめんこのてがしわ》』などで有名になった女賊のことです。

「へえ、不思議なもんですね。あのうらなり君が、そんな**艶福《えんぷく》**のある男とは思わなかった。人は見懸《みか》けによらない者だな。ちっと気を付けよう」
〈(七)より〉

赤シャツの相手だと思っていたマドンナが、実はうらなり先生の婚約者だったことに坊っちゃんは驚きます。

「**艶福**」とは女性関係が盛んなことで、「艶福家」とか「艶福のある男」と言います。「艶福家」は、女好きとか女遊びが盛んと言うより、少し上品な言い方になります。

「そりゃあなた、**大違いの勘五郎**《かんごろう》ぞなもし」
「勘五郎かね。だって今赤シャツがそういいましたぜ。それが勘五郎なら赤シャツは**嘘つきの法螺右衛門**《ほらえもん》だ」

〈(八)より〉

うらなりこと古賀先生が延岡に転任することを知らされた後の、坊っちゃんと下宿のお婆さんの会話です。

『坊っちゃん』には、軽妙な悪口がたくさん出てくるのも注目ポイントです。「**大違いの勘五郎**」や「**嘘つきの法螺右衛門**」という表現は、江戸時代っぽい言葉遊びになっていて面白いところです。「大違いの勘五郎」は大変な勘違いという意味で言っているのですが、それを人名に引っ掛けて落語的な表現を使っているのです。

「左様《さよ》よ。古賀さんはよそへ行って月給が増すより、元のままでもええから、ここにおりたい。屋敷もあるし、母もあるからと御頼みたけれども、もうそう極めたあとで、古賀さんの代りは出来ているけれ仕方がないと校長が御いいたげな」

〈（八）より〉

「左様」は「さよう」とも読みます。そのような、そのとおり、などの意味です。「左様なら」が「それならば」の意味から転じて、「そのような事情なら仕方ありませんね」ということで、「さようなら」という別れの挨拶になったのです。

「へん人を馬鹿にしてら、面白くもない。じゃ古賀さんは行く気はないんですね。どうれで変だと思った。五円位上がったって、あんな山の中へ猿の御相手をしに行く唐変木《とうへんぼく》はまずないからね」

「唐変木て、先生なんぞなもし」

〈（八）より〉

この辺りのやりとりも面白いところです。

「**唐変木**」とは、わからずや、間抜けという意味で、人をののしって言う言葉です。

「そんなに否《いや》なら強《し》いてとまではいいませんが、そう二、三時間のうちに、特別の理由もないのに**豹変**《ひょうへん》しちゃ、将来君の信用にかかわる」

〈（八）より〉

昇給を断った坊っちゃんに対する赤シャツの言葉です。

「**豹変**」という言葉は、今でも普通に使われますが、豹の毛が季節によって抜け変わり、斑文も美しくなることから、態度や意見などががらりと変わるという意味です。今は悪い方に変わる場合に用いられることが多いようです。

豹変を『日本国語大辞典』で引くと、用例として『坊っちゃん』のこの文章が載っています。

「豹変」は、古代中国の書物『易経』にある言葉ですが、それが近代になって漱石が『坊っちゃん』の中で使ったことにより、一般的に使われるようになったのです。そして漱石は、どちらかというと悪い方に変わる意味で使ったのです。

こうして見ていくと、『日本国語大辞典』の用例として、漱石の作品が取り上げられているのが多いことに驚かされます。『坊っちゃん』でこのように使ったから、多くの人にそういう意味で使われるようになったのです。もちろん、漱石が新たな意味を作ったわけではありません。漱石は教養があり語彙をたくさん知っていたので、ここで「豹変」を悪い方に変わる意味で使ったことにより、「豹変ってこう使うんだ」と広まったのでしょう。つまり『坊っちゃん』は、国民の国語教科書みたいなものだったのです。ですから、『坊っちゃん』を押さえておけば、日本語の語彙を相当学べることになります。

うらなり君の送別会のあるという日の朝、学校へ出たら、山嵐《やまあらし》が突然、君**先達**《せんだって》はいか銀《ぎん》が来て、君が乱暴して困るから、どうか出るように話してくれと頼んだから、真面目《まじめ》に受けて、君に出てやれと話したのだが、あとから聞いて見ると、あいつは悪るい奴《やつ》で、よく偽筆《ぎひつ》へ**贋落款**《にせらっかん》などを押して売りつけるそうだから、全く君の事も**出鱈目**《でたらめ》に違いない。

〈(九)より〉

山嵐が下宿の件は誤解だったと謝り、二人は和解します。「いか銀」は元の下宿の主人で、骨董の売買をしていました。

「**先達**」は、このあいだ、先頃、先日、という意味です。

「**贋落款**」とありますが、「落款」は書画を書き終えたあとに作者が押す印のことです。

漱石の作品には当て字が多く出てきますが、「**出鱈目**」も当て字です。意味は、思いつくままに勝手なことを言ったり行ったりすること、いいかげんであることです。

君はよっぽど負け惜しみの強い男だというから、君はよっぽど**剛情張《ごうじょうっぱ》り**だと答えてやった。それから二人の間にこんな問答が起った。

「君は一体どこの産だ」

「おれは江戸っ子だ」

「うん、江戸っ子か、道理で負け惜しみが強いと思った」

「君はどこだ」

「僕は会津《あいづ》だ」

「**会津っぽ**か、**強情《ごうじょう》な**訳だ。今日の送別会へ行くのかい」

（九）より

「**剛情張り**」「**強情な**」とありますが、「強情」と「剛情」のどちらの漢字も使います。意味は、意地を張り通すこと、頑固で自分の考えを変えないことです。『明鏡国語辞典』によると、頑固と強情の違いは、頑固は性質そのものを言い、強情は対人関係を前提にして言う趣が強いとのことです。

「会津っぽ」の「ぽ」は「坊」のなまりで、その地の産であることを示しています。会津っぽが強情というのは、戊辰戦争で官軍に抵抗した会津藩の質実剛健さや、会津出身者が明治政府の冷遇に屈しなかったことを言っています。

赤シャツが送別の辞を述べ立てている最中、向側《むこうがわ》に坐っていた山嵐がおれの顔を見てちょっと**稲光《いなびかり》をさした**。おれは返電として、人指し指で**べっかんこう**をして見せた。

（九）より

このままだと何を言っているのかわからないですが、山嵐と坊っちゃんがこういうやりとりで合図を交わしたと表現するところが、漱石流で面白いところです。

「稲光をさした」とは、目くばせをして、稲妻のように鋭く目を光らせて合図をしたという意味です。それに応えて「返電」したという表現も粋です。

「べっかんこう」ですが、「べかこう」を辞書で引くと、指で下のまぶたを引き下げて裏の赤い部分を見せること。今でいうと「あっかんべえ」のことです。からかいや拒否の気持ちを表すしぐさで、その時に言う言葉とあります。言い方としては「べか」「べかこ」「べかっこう」「あかんべ」などたくさんあります。

延岡《のべおか》は**僻遠《へきえん》**の地で、当地に比べたら物質上の不便はあるだろう。が、聞く所によれば風俗の頗《すこぶ》る**淳朴《じゅんぼく》**な所で、職員生徒悉《ことごと》く**上代樸直《じょうだいぼくちょく》の気風《きふう》**を帯びているそうである。心にもない御世辞《おせじ》を振り蒔《ま》いたり、美しい顔をして君子《くんし》を陥《おとしい》れたりするハイカラ野郎は一人もないと信ずるからして、君の如き**温良篤厚《おんりょうとくこう》**の士《し》は必ずその地方一般の歓迎を受けられるに相違ない。吾輩は大に古賀君のためにこの転任を祝《しゅく》するのである。終りに臨《のぞ》んで君が延岡に赴任《ふにん》されたら、その地の**淑女《しゅくじょ》にして、君子の好《こう》逑《きゅう》となる**べき資格あるものを択《えら》んで一日《いちじつ》も早く円満なる家庭をかたち作って、かの**不貞無節《ふていむせつ》**なる御転婆《おてんば》を事実の上において慚死《ざんし》せしめん事を希望します。　（九）より

これは山嵐の挨拶の言葉ですが、漢語が次々に出てくるのが特徴的で、当時の人の挨拶には、こういうのもあることがわかります。今の人にはほとんどわからないような漢語をどんどん連発しているのは、当時は漢語に強いことが教養の証だったからです。

「**僻遠**」は、中心地から遠く離れていること。

「**淳朴**」は、素直で飾り気のないことで、「純朴」や「醇朴」とも書きます。

「**上代僕直の気風**」とは、上代（古代）の人のように素朴で正直な気風のことです。

「**温良篤厚**」は、「温良」が穏やかで素直なこと、「篤厚」は人情が厚く心遣いが細やかなことです。

「**淑女にして、君子の好逑**」とは、中国最古の詩集『詩経』に「窈窕《ようちょう》たる淑女は君子の好逑」とあることから、うらなり先生のような君子には、マドンナとは違うしとやかな連

れ合いが望ましいという意味です。

「**不貞無節**」は、貞操を守らず、節操がないことです。


「ハイカラ野郎の、ペテン師の、イカサマ師の、猫被《ねこっかぶ》りの、**香具師**《やし》の、**モモンガー**の、**岡っ引き**の、わんわん鳴けば犬も同然な奴とでもいうがいい」（九）より

この悪口はちょっと面白いので、『坊っちゃん』の中でも有名な悪口になっています。

「**香具師**」とは、祭礼や縁日などで、見世物や商品を言葉巧みに売り込む者のことで、ここでは弁舌で人をたらし込む赤シャツを指しています。

「**モモンガー**」は、ムササビ科の獣で、ここでは人をののしる言葉として使っています。

「**岡っ引き**」は、江戸時代に捕吏の手引きをした者で、漱石の探偵嫌いが反映していると言われています。

これらの悪口に引っ掛けて、漱石はこのあとで「いかさま面白い（大変面白い）」などという表現も使っています。

しばらくしたら、銘々《めいめい》**胴間声**《どうまごえ》を出して何か唄《うた》い始めた。〈(九)より〉

「**胴間声**」は、今ではあまり使われていない言葉ですが、調子のはずれた太くて濁った下品な声のことです。「胴満声《どうまんごえ》」とも言います。

＝命令も下《くだ》さないのに勝手な軍歌をうたったり、軍歌をやめるとワーと訳もないのに**鬨の声**《とき》を揚《あ》げたり、まるで浪人《ろうにん》が町内をねりあるいてるようなものだ。〈(十)より〉

日露戦争の祝勝会で、坊っちゃんたち先生は生徒を式場に引率します。「**鬨の声**」とは、戦闘開始を告げるためや、戦勝の喜びの表現として発する叫び声のことです。

物語はこのあと、中学校と師範学校の生徒たちの乱闘騒ぎへと続いていきます。

こんな土地に一年もいると、潔白なおれも、この真似《まね》をしなければならなく、なるかも知れない。向《むこう》でうまく言い抜けられるような手段で、おれの顔を汚《よご》すのを抛《ほう》って置く、**樗蒲一**《ちょぼいち》はない。向が人ならおれも人だ。生徒だって、子供だって、ずう体はおれより大きいや。だから刑罰として何か返報をしてやらなくっては義理がわるい。ところがこっちから返報をする時分に尋常《じんじょう》の手段で行くと、向から**逆捩**《さかねじ》**を食わして**来る。

〈（十）より〉

「**樗蒲一**」は、中国から渡来した賭博の一つで、さいころを使って行う賭博です。この場合は、生徒と自分との勝負の意に用いています。

「**逆捩を食わせる**」とは、相手の非難や抗議に対して、逆になじり返すことです。

つまりは向から手を出して置いて、世間体《せけんてい》はこっちが仕掛けた喧嘩《けんか》のように、見《み》做《な》されてしまう。大変な不利益だ。それなら向うのやるなり、**愚迂多良童子**《ぐうたらどうじ》を極《き》め込んでいれば、向は益《ますます》増長するばかり、大きくいえば世の中のためにならない。そこで仕方がないから、こっちも向の**筆法**《ひっぽう》を用いて捕《つら》まえられないで、手の付けようのない返報をしなくてはならなくなる。
（十）より

「**愚迂多良童子**」は、ぐうたらな男、怠け者という意味で、今はあまり使われませんが、ちょっと面白い言い方です。

「**筆法**」とは、元は筆の運び方や文の書き方の意味ですが、転じて、やり方、方法の意味に使われています。

いかめしい後鉢巻《うしろはちまき》をして、立《た》っ付《つ》け袴《ばかま》を穿《は》いた男が十人ばかりずつ、舞台の上に三列に並んで、その三十人が悉《ことごと》く抜き身を携《さ》げているには**魂消《たまげ》た**。
（十）より

「**魂消る**」を辞書で引くと、「げる」は「きえる」の変化したもので、「魂が消える」という意から、非常に驚く、びっくりする意味になったとあります。こういう漢字で書くことがわかると、魂が消えるほどびっくりした感じがよく理解できます。

実は新聞を見るのも**退儀**《たいぎ》なんだが、男がこれしきの事に**閉口たれて**《へこ》仕様があるものかと無理に腹這《はらばい》になって、寐《ね》ながら、二頁《ページ》を開けて見ると驚ろいた。昨日《きのう》の喧嘩がちゃんと出ている。

〈十一〉より

生徒たちの乱闘を止めようとして巻き込まれた坊っちゃんと山嵐は、警察に捕まってしまいました。

「**退儀**」とは、面倒くさいこと、骨が折れることという意味ですが、普通は「大儀」と書きます。

「**閉口たれる**」は、くじける、元気がなくなるの意味ですが、「閉口」という漢字を当てているのが面白いところです。

それに近頃東京から赴任した生意気な**某**とは何だ。天下に某という名前の人があるか。考えて見ろ。これでも**歴然**《れっき》**とした**姓もあり名もあるんだ。

〈十一〉より

「**某**」は「なにがし」と読みます。具体的な名を挙げないで、その人を指し示す時に使う言葉です（67頁参照）。

「**歴然**」と書いて「れっき」と読ませていますが、普通は「歴」と書きます。「歴とした」とは、身分や家柄が高いさま、存在や価値が認められているさまを言います。

「あんな**奸物**《かんぶつ》の遣る事は、何でも証拠の挙がらないように、挙がらないようにと工夫するんだから、反駁《はんばく》するのは六《む》ずかしいね」

「厄介だな。それじゃ濡衣《ぬれぎぬ》を着るんだね。面白くもない。**天道**《てんどう》**是**《ぜ》**か非**《ひ》**か**だ」

（十一）より

「**奸物**」は、悪知恵のはたらく、心の曲がった人のことです。

「**天道是か非か**」とは、古代中国の歴史書『史記』にある言葉で、宇宙の道理は果たして正しいものに味方していると言えるかどうか疑わしい、と身の不運を恨むことです。

新聞がそんな者なら、一日も早く打《ぶ》っ潰《つぶ》してしまった方が、われわれの利益だろう。新聞にかかれるのと、**泥鼈**《すっぽん》に喰《く》いつかれるとが似たり寄ったりだとは今日《こんにち》ただ今狸の説明によって始めて**承知 仕《つかまつ》った**。

〈十一〉より

「**泥鼈**」は、沼や川に住むスッポン科の淡水産カメの総称。あごの力が強く、かみつくと離さないと言われます。普通は「鼈」という漢字を書きます。「**承知仕った**」とありますが、「承知」は命令などを承ること、聞き入れること、わかること。「仕る」は、「する」の謙譲語で、格式張った言い方です。

「それが赤シャツの**指金**《さしがね》だよ。おれと赤シャツとは今までの行懸《ゆきがか》り上到底《とうてい》両立しない人間だが、君の方は今の通り置いても害にならないと思ってるんだ」

〈十一〉より

事件の責任を問われ、山嵐は辞職を迫られます。

「**指金**」というのは、操り人形で使われる言葉です。人形の腕に仕掛けた長い棒のことで、人形の腕を動かし、その棒につけた麻糸を引いて手首や指を動かします。そこから転じて、背後で人に指図して動かしたり、陰で人を操る意味になりました。

その玉子《たまご》を四つずつ左右の袂《たもと》へ入れて、例の赤手拭《あかてぬぐい》を肩へ乗せて、**懐手**《ふところで》をしながら、枡屋の楷子段《はしごだん》を登って山嵐の座敷《ざしき》の障子をあけると、おい有望々々と**韋駄天**《いだてん》のような顔は急に活気を呈《てい》した。

〈（十一）より〉

山嵐と坊っちゃんは、赤シャツと芸者の密会現場を押さえようと張り込みを始めます。

「**懐手**」とは、和服を着たとき、腕を袖に通さず懐に入れることを言います。

「**韋駄天**」は、辞書を引くと、仏教用語で増長天の八将軍の一人とあります。仏舎利から歯を奪って逃げる捷疾鬼《しょうしつき》を追い掛けて捕らえたという俗説から、足の速い人のことを指して言うようになったようです。

「**天誅**《てんちゅう》も骨が折れるな。これで**天網恢々疎**《てんもうかいかいそ》**にして洩**《も》**らしちまったり**、何《なん》かしちゃ、詰《つま》らないぜ」

〈十一〉より

この少し前にも「天誅党」という言葉が出てきますが、「**天誅**」は、天に代わって罰を与えることです。

「**天網恢々疎にして漏らさず**」は、古代中国の思想書『老子』にある言葉で、講談などでもよく使われた成句です。天の法網は一見目が粗いようだが、結局は悪人を漏らさず捕らえるという意味です。

「もう大丈夫ですね。邪魔ものは追っ払ったから」正《まさ》しく野《の》だの声である。「強がるばかりで策がないから、仕様がない」これは赤シャツだ。「あの男もべらんめえに似ていますね。あのべらんめえと来たら、**勇み肌**《はだ》**の坊**《ぼ》**っちゃん**だから愛嬌《あいきょう》がありますよ」

〈十一〉より

「**勇み肌の坊っちゃん**」とありますが、「勇み肌」とは、威勢がよく、強者をくじき弱者をいたわる任侠の気風のことです。ここでの「坊っちゃん」という呼称、清の呼ぶ「坊っちゃん」の呼び名が、小説のタイトルになっています。

その夜《よ》おれと山嵐はこの**不浄**《ふじょう》な地を離れた。船が岸を去れば去るほどいい心持ちがした。神戸《こうべ》から東京までは直行で新橋《しんばし》へ着いた時は、漸《ようや》く**娑婆**《しゃば》へ出たような気がした。

（十一）より

「**不浄**」とは、けがれていることです。松山は不浄の地ではないのですが、主人公には合わなかったということです。

「**娑婆**」とは、人間が住んでいるこの世界、俗世間の意味です。

その後《ご》ある人の周旋で**街鉄**《がいてつ》**の技手**になった。月給は二十五円で、家賃は六円だ。清は玄関付きの家でなくっても至極《しごく》満足の様子であったが気の毒な事に今年の二月肺炎に罹《かか》って死んでしまった。死ぬ前日おれを呼んで坊っちゃん**後生**《ごしょう》だから清が死んだら、坊っちゃんの御寺へ埋めて下さい。御墓のなかで坊っちゃんの来るのを楽しみに待っておりますといった。だから清の墓は小日向《こびなた》の養源寺《ようげんじ》にある。

〈(十一)より〉

「**街鉄の技手**」の「街鉄」は東京市街鉄道の略称です。「技手」とは、会社などで技師の下に属して技術を担当した者で、物理学校を出たばかりの坊っちゃんでも技手になれたのだけれど、新米なので月給25円の待遇だったのです。

坊っちゃんは、東京に戻ってから清と一緒に暮らしました。清は死ぬ前日に坊っちゃんを呼んで、「後生だから清が死んだら、坊っちゃんの御寺へ埋めて下さい」と哀願します。「**後生だから**」とは、人に折り入って頼むときに使う言葉です。「後生」は仏教の言葉で、死後生まれ変わること、来世の安楽のことです。

坊っちゃんが、自分が入る墓に清を先に入れてあげたところで物語は終わっています。

この作品は、江戸っ子で無鉄砲でせっかちな気性の坊っちゃんが、松山のゆるりとした感じに合わなくてぶつかり合い、人間関係のごたごたやトラブルに耐えられなくなって、東京に帰ってくるというだけの話なのですが、言葉のやりとりがテンポよく展開していくので、日本語が活《い》き活《い》きとしています。漱石の語彙の豊富さをかみしめながら読んでみると一層面白さが増します。

第三章

『こころ』を読む

上　先生と私

私《わたくし》はその人を常に**先生**と呼んでいた。だから此所《ここ》でもただ先生と書くだけで本名は打ち明けない。これは世間を憚《はば》かる遠慮というよりも、その方が私に取って自然だからである。私はその人の記憶を呼び起すごとに、すぐ「先生」といいたくなる。筆を執っても心持は同じ事である。よそよそしい頭文字《かしらもじ》などはとても使う気にならない。

私が先生と知《し》り合《あい》になったのは鎌倉《かまくら》である。その時私はまだ若々しい**書生**であった。

〈（一）より〉

夏目漱石の作品で先生と言えば、「『こころ』でKを裏切った人でしょ」と思い浮かぶほど、有名な存在です。

「ただ先生と書くだけで本名は打ち明けない」とありますが、それは自然に先生と言いたくなる存在だから先生と呼んでいた、ということです。

「**先生**」を辞書で引いてみると、先に生まれた人や、年長者の意味はもちろんですが、学者という意味もあります。さらに、指導的立場の人、教育に携わる人、師匠、からかうような気持ちで他人をあなどって言う語、などの意味が載っています。

先生と知り合ったのは鎌倉の海岸ですから、主人公の学校の先生ではないわけです。先生という職業ではなくて、二人の間柄が先生と呼ぶ関係性だったということです。つまり私淑《ししゅく》している、ということです。私淑とは、直接教えを受けたことはないがひそかに師と仰ぎ尊敬することです。主人公と先生の関係性は、知り合いになって話もしていますから、私淑より少し距離が近い存在といえます。

パブリックな教師と生徒の関係ではなく、勝手にその先生を気に入って近づき、家にまで出入りし、頻繁に会う関係です。今の時代で考えるとちょっと不思議な感じを受けるかもしれませんが、そういう師弟関係もあったのです。先生と呼びたくなる人ですから、年長者で教養もあって、人柄に惹《ひ》かれる人物なのでしょう。

「その時私はまだ若々しい書生であった」とあります。「**書生**」という言葉は、今はあまり使われませんが、学生のことです。

「書生」を辞書で引くと、学業を修める時期にある者とあります。漱石の『吾輩は猫である』にも、「書生という人間中で一番獰悪《どうあく》な種族で（中略）時々我々を捕《つかま》えて煮て食う」という面白い文章があります。

ほかに、他人の家に世話になって家事を手伝いながら勉学をする者、食客の意味もあります。明治中期には、もっぱらこの意味で使われることが多くなるようです。

学生という言葉が普及したこともあって、書生とは他の家に下宿しながら勉強する人といったニュアンスだったのでしょう。

> 私は実に先生をこの雑沓《ざっとう》の間に見付出《みつけだ》したのである。その時海岸には**掛茶屋**《かけぢゃや》が二軒あった。私はふとした**機会**《はずみ》からその一軒の方に行き慣《な》れていた。〈（一）より〉

学校に通って勉強している書生の私が、ふとしたことで先生を掛け茶屋で見掛けたとあります。「**掛茶屋**」とは、海水浴客のために夏だけ臨時に作られ、休憩・喫茶・着替えなどに使われた、簡単なつくりの茶屋のことです。

「ふとした機会から」とありますが、「**機会**」を「はずみ」と読ませるのは、面白い読み方で、漱石独特の自由な感じが表れています。

主人公は、掛け茶屋で先生を見掛けたときから興味をもって近づき、家を訪ねるようになります。


私はその人から鄭寧《ていねい》に先生の出先を教えられた。先生は**例月**その日になると雑司《ぞうし》ヶ谷《がや》の墓地にある或《ある》仏へ花を**手向《たむ》け**に行く習慣なのだそうである。「たった今出たばかりで、十分になるか、ならないかで御座います」と奥さんは気の毒そうにいってくれた。私は会釈して外へ出た。賑《にぎや》かな町の方へ**一丁《ちょう》**ほど歩くと、私も散歩がてら雑司ヶ谷へ行って見る気になった。先生に会えるか会えないかという好奇心も動いた。それですぐ**踵《きびす》を回《めぐ》らした**。

（四）より

雑司ヶ谷の墓地に花を手向けに行く習慣だと奥さんが言います。「**手向け**」という言葉は、神仏や死者の霊に物を供えること、旅のはなむけのことをいいますが、この場合は墓地ですから死者にお供えものをして、死者の冥福を祈ることです。「手向け花」「手向け水」という言葉もあります。

「てむけ」ではなくて「たむけ」と読みます。「手向けの神」という言葉もあり、旅人が幣《ぬさ》（紙や布などで作った供え物、御幣）などを手向けて道中の安全を祈る神のことです。

先生には墓に花を手向けに行く習慣がある。先生の秘密がここで暗示されるわけです。誰の墓なのかが気になるところです。

「例月その日になると」とありますが、「**例月**」は、いつもの月とか毎月という意味です。毎月その日になると行くということは、結構な頻度です。深い関係の人ではないかと想像できます。

「**一丁**」とは、一丁目とか二丁目とかいう町の区画の一つで、辞書で引くと、一町と同じで109メートル強あることがわかります。

「**踵を回らす**」は、「踵を返す」ともいいますが、かかとの向きを逆にする、引き返すという意味です。主人公は引き返して先生に会いに行ったのです。

私はその人の眼鏡《めがね》の縁《ふち》が日に光るまで近く寄って行った。そうして**出抜《だしぬ》け**に「先生」と大きな声を掛けた。先生は突然立ち留まって私の顔を見た。

「どうして……、どうして……」

先生は同じ言葉を二遍《へん》繰り返した。その言葉は**森閑**とした昼の中《うち》に異様な調子をもって繰り返された。私は急に何とも応《こた》えられなくなった。

「私の後《あと》を**跟《つ》けて**来たのですか。どうして……」

先生の態度はむしろ落付いていた。声はむしろ沈んでいた。けれどもその表情の中《うち》には判然《はっきり》いえないような一種の**曇《くもり》**があった。

私は私がどうして此所《ここ》へ来たかを先生に話した。

「誰の墓へ参りに行ったか、妻《さい》がその人の名をいいましたか」

「いいえ、そんな事は何も仰《おっ》しゃいません」

「そうですか。――そう、それはいうはずがありませんね、始めて会った貴方《あなた》に。いう必要がないんだから」


（（五）より）

「**出抜け**」という言葉を、今の若い人はあまり使わないかもしれませんが、不意に事を行うこと、突然、唐突の意味です。

「**森閑**」とは、森の中のように静かだという意味です。辞書で引くと、物音一つせずにひっそりと静まりかえっているさま、とあります。芭蕉に「閑《しずか》さや岩にしみ入《いる》蝉の声」という句があります。辺りが静まり返っていて、蝉の声が岩にしみ入るようであると、静寂の深さを詠んだ句です。

昼間なのにとても静かで、その中で二人が会話をするのですが、先生は動揺しています。「表情の中には判然いえないような一種の曇があった」ということは、先生は落ち着いているけれどどこか表情に陰があるのです。「**曇る**」には、空が曇ることのほかに、透き通っていない、心がきれいに晴れない、心にわだかまりがあるなどの意味もあります。何とははっきり言えないけれど曇っている、心にわだかまりがある、心に陰りがある。それを「判然いえないような一種の曇」というキーワードで表しています。

表情が曇っているだけでなく、心の中に陰りがあることが、ここで初めてはっきりとわかります。それを垣間見たのが、墓地だったのです。

「私の後を**跟**けてきた」の「**跟**」という漢字は、今はあまり使わない漢字です。

主人公の書生は、とにかくしつこく後をついて行ってしまう人です。まさか墓地まで来てしまうとは予測もしていない先生は驚いて、「誰の墓へ参りに行ったか、妻がその人の名をいいましたか」「いうはずがありませんね」と言います。この言葉から、誰の墓だか知られたくないことがわかります。

私が丸い墓石《はかいし》だの細長い御影《みかげ》の碑《ひ》だのを指して、しきりにかれこれいいたがるのを、始めのうちは黙って聞いていたが、しまいに「貴方は死という事実をまだ**真面《まじ》目《め》**に考えた事がありませんね」といった。

〈（五）より〉

ここに出てくる「**真面目**」という言葉が後々までキーワードになります。「真面目」を辞書で引くと、真剣な顔つきである、本気である、誠実である、真心が込もっていて誠意があるなどの意味です。

『こころ』という小説のテーマを一言で表すと、「真面目」になるかもしれません。真面目という言葉が非常に重要なところに出てきます。「死を真面目に考えたことがない」と先生は主人公に言います。ということは、先生は真面目に考えたことが多分あるのです。先生は真面目に考えたことがあり、私はまだ考えたことがない。そういう関係性の二人の間に、死という事実を真面目に考えることの伝授がこれから行われるわけです。

これから何処《どこ》へ行くという**目的《あて》**のない私は、ただ先生の歩く方へ歩いて行った。先生は何時《いつ》もより口数を利《き》かなかった。それでも私はさほどの**窮窟《きゅうくつ》を感じなかった**ので、ぶらぶら一所に歩いて行った。

〈（五）より〉

「**目的**」と書いて「あて」と読ませています。漱石の作品には当て字が自在にあるので、それを拾っていくと面白いかもしれません。

「**窮窟を感じなかった**」とありますが、誰かといて窮屈を感じるという言い方は、この時代の雰囲気を表している言葉だと思います。「窟」の字は、普通は「屈」と書きます。

先生は何時《いつ》も静《しずか》であった。ある時は静過ぎて淋《さび》しい位であった。私は最初から先生には近づきがたい不思議があるように思っていた。それでいて、どうしても近づかなければいられないという感じが、何処《どこ》かに強く働らいた。（中略）人間を愛し得る人、愛せずにはいられない人、それでいて自分の**懐《ふところ》に入《い》ろう**とするものを、手をひろげて抱き締める事の出来ない人、――これが先生であった。

〈(六)より〉

ここでは先生という人物について詳しく書いています。そして先生に対する主人公の直感が、後々、その通りになっていきます。

「懐に入ろうとするものを、手をひろげて抱き締める事のできない人」とありますが、「懐」とは、着物と胸との間のことで、比喩的に温かく迎え入れてくれる所という意味もあります。「**懐に入る**」という言い方は、着物を着ていたこの時代にぴったりとした表現で、寒いときに赤ちゃんを着物と体との間に入れるような感じだと思います。現代のスーツ姿では、そういう感覚をなかなか味わえないかもしれません。

人間というものは、相手の内面に入ろうとします。相手がそれを受け入れることができるか、あるいは拒否してしまうのか。そういう人間関係を「懐」で表しているわけです。先生は抱き締めることができない人なのですが、それはもしかすると「曇り」と関係があるのではないかと、主人公は思っています。

今いった通り先生は始終静かであった。落付いていた。けれども時として**変な曇り**がその顔を横切る事があった。窓に黒い**鳥影が射**《さ》**すように**。射すかと思うと、すぐ消えるには消えたが。私が始めて**その曇り**を先生の眉間《みけん》に認めたのは、雑司ケ谷《ぞうしがや》の墓地で、不意に先生を呼び掛けた時であった。私はその異様の瞬間に、今まで快よく流れていた心臓の潮流をちょっと鈍らせた。しかしそれは単に一時の**結滞**《けったい》に過ぎなかった。私の心は五分と経《た》たないうちに平素の弾力を回復した。私はそれぎり暗そうなこの**雲の影**を忘れてしまった。ゆくりなくまたそれを思い出させられたのは、小春《こはる》の尽きるに間《ま》のない或《あ》る晩の事であった。

〈(六)より〉

ここでは、「**変な曇り**」「**鳥影が射すように**」「**その曇り**を先生の眉間に認めた」「**雲と**

影」のように、雲、曇り、影という語彙が連続して出てきます。

雲が出てくると曇って影が差すわけですが、それを人の表情の変化を映すものとして感じると、表面的なものではなく深い意味があるのかもしれないと予感させるわけです。

ですから、『こころ』を読むときには、「曇り」や「影」という言葉に丸印をつけながら読んでいくと、この曇りと影が一つのテーマになっていることがわかってくると思います。

「**結滞**」とは、正常な脈拍が乱れることです。

実際私には墓参と散歩との区別が殆《ほと》んど無意味のように思われたのである。すると先生の眉《まゆ》がちょっと曇った。眼のうちにも異様の光が出た。それは迷惑とも嫌悪《けんお》とも**畏怖**《いふ》とも片付けられない微《かす》かな不安らしいものであった。私は忽《たちま》ち雑司ヶ谷で「先生」と呼び掛けた時の記憶を強く思い起した。二つの表情は全く同じだったのである。

「私は」と先生がいった。「私はあなたに話す事の出来ないある理由があって、他《ひと》と一所にあすこへ墓参りには行きたくないのです。自分の妻《さい》さえまだ伴《つ》れて行った

＝　事がないのです」

「先生の眉がちょっと曇った。眼のうちにも異様の光が出た」とあります。この表情がどういう感情を表したものかと思ったとき、それを「迷惑とも嫌悪とも畏怖とも片付けられない微かな不安」と表現する辺りが漱石らしいと思います。

〈（六）より〉

「**畏怖**」は、恐れる気持ち、神などに恐れおののく気持ちという意味です。

先生の表情が曇ったのは、迷惑に思ったからでもなく、嫌悪でもなく、畏怖とも少し違う。それだけではない微かな不安がある。このように相手の表情を読み取ることができて、それを的確な言葉で表現できることが、人間理解力につながると思います。そういう相手の心の変化が理解できると、人間関係がスムーズにいくわけです。相手が嫌がっているとか、恐れているとかの区別がつくことが人間理解において重要です。

でも、先生には「片付けられない微かな不安らしいもの」があるという辺りが、複雑さを感じさせます。こうした文章表現が、人間理解力を育てる小説のよさだと思います。

「私は**淋**《さび》**しい**人間です」と先生はその晩またこの間の言葉を繰り返した。「私は淋しい人間ですが、ことによると貴方《あなた》も淋しい人間じゃないですか。私は淋しくっても年を取っているから、動かずにいられるが、若いあなたはそうは行かないのでしょう。動けるだけ動きたいのでしょう。動いて何かに打《ぶ》つかりたいのでしょう。……」

〈（七）より〉

「**さびしい**」は大和言葉ですから、いろいろな漢字を当てることがあります。静寂の「寂」を当てることもありますし、「淋」を当てることもあります。

辞書を引くと、本来あるべき状態になく、また本来備わっているはずのものが欠けていて満たされない気持ちを表す、とあります。また、物足りない、物悲しさ、人の気配がなくて心細い、という意味があります。

淋しさは誰もが感じるものですが、いきなり「私は淋しい人間です」と言う人は珍しいし、新鮮な感じがします。

辞書にあるように、本来備わっているはずのものが欠けていて満たされない状態が「淋しさ」だとすると、先生は何かを失ってしまった、あるいは何かが欠けてしまった人だということになります。

先生には奥さんがいて二人で暮らしているわけですから、いわゆる独り暮らしの淋しさではないわけです。ほかに大事な物を欠いてしまった「淋しい人間」というのがキーワードになります。

「ことによると貴方も淋しい人間じゃないですか」と、何かが欠けている者同士ではないか、と先生は言います。「私は淋しくっても年を取っているから、動かずにいられるが、若いあなたはそうは行かないのでしょう。動けるだけ動きたいのでしょう。動いて何かに打つかりたいのでしょう」という辺りの書き方は、いかにも漱石らしい文章です。

「あなたは私に会っても恐らくまだ淋《さび》しい気が何処《どこ》かでしているでしょう。私にはあなたのためにその**淋しさを根元《ねもと》から引き抜いて**上げるだけの力がないんだから。貴方《あなた》は外《ほか》の方を向いて今に手を広げなければならなくなります。今に私の宅《うち》の方へは足が向かなくなります」

二　先生はこういって淋しい笑い方をした。〈（七）より〉

この辺りも、漱石らしい表現が続きます。

「私にはあなたのためにその淋しさを根元から引き抜いて上げるだけの力がない」とありますが、「**淋しさを根元から引き抜く**」という表現をする人はあまりいないと思います。普通、淋しさは「慰める」くらいがせいぜいです。それを「根元から引き抜く」とするところが、漱石の深い表現力です。淋しさの根源を見つめようとしているわけです。

友達がいるとかいないとかのレベルではない、心の深いところでのあなたの淋しさを、私は根元から引き抜いて消してあげることはできない。だから、あなたはやがて、私ではない人のところに行ってしまうでしょう。淋しい人間だから、人が来てくれるのはうれしいのだけれど、相手を満足させることができないので、また去られてしまうだろう、という予感を先生は持っているのです。

「淋しい」をキーワードに、文庫本にして2ページほどで、淋しさを抱えた者同士が出会ったこと、そして先生には淋しさを根源から消し去ることができないことが読み取れるわけです。

実際には、のちに遺書で、淋しさの根源を見つめた告白をすることになるわけですが。


「子供でもあると好《い》いんですがね」と奥さんは私の方を向いていった。私は「そうですな」と答えた。しかし私の心には何の同情も起らなかった。子供を持った事のないその時の私は、子供をただ**蒼蠅《うるさ》い**もののように考えていた。

「一人貰《もら》って遣《や》ろうか」と先生がいった。

「貰《もらい》ッ子《こ》じゃ、ねえあなた」と奥さんはまた私の方を向いた。

「子供は何時《いつ》まで経《た》ったって出来っこないよ」と先生がいった。

奥さんは黙っていた。「何故《なぜ》です」と私が代りに聞いた時先生は「**天罰**だからさ」といって高く笑った。


〈(八)より〉

「**うるさい**」を辞書で引くと、しつこくてやりきれない、手間が掛かりやっかいである、やかましい、などの意味があります。普通は「煩い」または「五月蠅い」と書きます。

「蒼蠅い」は当て字です。

「**天罰**」とは、天の下す罰、悪事の報いとして自然に来る災いという意味です。

なぜ子どもができないのかという問いに対し、先生が「天罰だからさ」と答えたことから、何か過去に悪いことをしたのではないかと推測できます。

「もう遅いから早く帰り玉え。私も早く帰って遣《や》るんだから、**妻君《さいくん》のために**」

先生が最後に付け加えた「妻君のために」という言葉は妙にその時の私の心を暖かにした。私はその言葉のために、帰ってから安心して寐《ね》る事が出来た。私はその後《ご》も長い間この「妻君のために」という言葉を忘れなかった。

〈（十）より〉

この時代は妻のことを「妻《さい》」と言ったり「**妻君**《さいくん》」と言ったりします。「さいくん」を辞書で引くと、自分の妻を言う言葉、もともとは細いという意味から「細君」と書き、「妻君」は当て字、とあります。

「妻君のために」という言葉が何度も出てきますので、先生が奥さん思いの人であることがわかります。

「私は世の中で女というものをたった一人しか知らない。妻《さい》以外の女は殆《ほと》んど女として私に訴えないのです。妻の方でも、私を天下にただ一人しかない男と思ってくれています。そういう意味からいって、私たちは最も幸福に生れた人間の一対《いっつい》で**あるべきはず**です」

（十）より

このあと主人公は、この告白の際の先生の態度が真面目であったこと、調子が沈んでいたことが深く記憶に残ったと述べ、最後の言葉が異様に響いたと言っています。そして、なぜ「最も幸福に生れた人間の一対です」と言い切らずに、「**あるべきはず**」と言ったのか、不審を抱きます。

ここでは「あるべきはず」という言葉がポイントで、そうあるはずだったのに、そうはならなかったことが暗示されています。

その時先生は沈んだ調子で、「どうしても私は世間に向って働らき掛ける資格のない男だから仕方がありません」といった。先生の顔には深い一種の表情がありありと刻まれた。私にはそれが失望だか、不平だか、悲哀だか、解《わか》らなかったけれども、何しろ**二の句の継げない**ほどに強いものだったので、私はそれぎり何もいう勇気が出なかった。

〈（十二）より〉

「**二の句が継げない**」という慣用句は、驚いたりあきれたりして、言うべき次の言葉がなかなか出てこないことを言います。もともとは、朗詠の一の句の末から二の句に移るとき、急に高音となるため続けて詠ずることが難しいことから出た成句のようです。

「聞こえました。恋の満足を味わっている人はもっと暖かい声を出すものです。しかし……しかし君、**恋は罪悪**ですよ。解《わか》っていますか」

私は急に驚ろかされた。何とも返事をしなかった。

〈（十三）より〉

「しかし君、恋は罪悪ですよ。解っていますか」とありますが、「**恋は罪悪**」という強い言葉が、以後何度も出てきます。「罪悪」を辞書で引くと、道徳や宗教の教えなどに反する悪い行為のことです。主人公は、恋が道徳的に問題のあるような、そんなに悪い行為なのかと驚くわけです。

「また悪い事をいった。焦慮《じら》せるのが悪いと思って、説明しようとすると、その説明がまたあなたを焦慮せるような結果になる。どうも仕方がない。この問題はこれで止《や》めましょう。とにかく恋は**罪悪**ですよ、よござんすか。そうして**神聖**なものですよ」

私には先生の話が益《ますます》解《わか》らなくなった。しかし先生はそれぎり恋を口にしなかった。

〈十三〉より

「**罪悪**」で、なおかつ「**神聖**」ということは、悪いことなのに尊いことになります。「神聖」とは、神のように尊い、清浄で汚れがないなどの意味です。「罪悪」と「神聖」がキーワードになりますから、丸印をつけながら読み進めていきましょう。


「私は私自身さえ信用していないのです。つまり自分で自分が信用出来ないから、人も信用できないようになっているのです。自分を呪《のろ》うより外《ほか》に仕方がないのです」

「そう六《む》ずかしく考えれば、誰だって確かなものはないでしょう」

「いや考えたんじゃない。**遣《や》ったんです。**遣った後で驚ろいたんです。そうして非常に怖くなったんです」

（十四）より

「考えたんじゃない。**遣ったんです**」という言葉で、初めて先生は何かをしたんだとわかるわけです。

「遣った」の「遣」の字は、当時よく使われた漢字です。

「とにかくあまり私を信用しては不可《いけ》ませんよ。今に後悔するから。そうして自分が欺《あざ》むかれた返報に、残酷な復讐《ふくしゅう》をするようになるものだから」

「そりゃどういう意味ですか」

「かってはその人の膝《ひざ》の前に跪《ひざま》ずいたという記憶が、今度はその人の頭の上に足を載せさせようとするのです。私は未来の侮辱を受けないために、今の尊敬を斥《しり》ぞけたいと思うのです。私は今より一層淋《さび》しい未来の私を我慢する代りに、淋しい今の私を我慢したいのです。**自由と独立と己《おの》れとに充《み》ちた現代**に生れた我々は、その犠牲としてみんなこの淋しみを味わわなくてはならないでしょう」

（十四）より

人を信用すると、その人が充分に自分を満足させてくれなかった場合に、「せっかく自分は頭を下げてあの人を信用していたのに、失望させられた」と思い込み、心の中でその人に復讐するようになります。先生はそれが嫌だから、むしろ信用されるよりは淋しいままでいたいと、複雑な心を語っています。

淋しさを抱えて生きていくことは、「**自由と独立と己れとに充ちた現代**」に個として、一個の自我を持った存在として生きていくことです。個をしっかり持っているだけに、他人と何となく緩くつながることができにくくなっている。そういう時代に生きる我々は、個としての淋しさを抱えて生きていくほかない、と先生は言っているわけです。

ここでは「自由と独立と己れとに充ちた現代」というのが面白い表現です。「自由と独立」はフランス革命で言われた言葉ですが、アメリカの独立宣言の精神でもあります。「己れとに充ちた」とは自我の強さのことです。自分を強く押し出していく現代においては、自我を主張すれば淋しさを味わわなくてはならない、と言っているわけです。「現代」は自由と独立、そして自己を主張する時代ですが、それを言えば言うほど人とつながりにくくなって淋しくなる、ということをここからくみ取ればよいと思います。

「あなたは私の思想とか意見とかいうものと、私の過去とを、ごちゃごちゃに考えているんじゃありませんか。私は貧弱な思想家ですけれども、自分の頭で纏《まと》め上げた考《かんがえ》をむやみに人に隠しやしません。隠す必要がないんだから。けれども私の過去を悉《ことごと》くあなたの前に物語らなくてはならないとなると、それはまた別問題になります」

「別問題とは思われません。先生の過去が生み出した思想だから、私は重きを置くのです。二つのものを切り離したら、私には殆《ほと》ど価値のないものになります。私は**魂の吹き込まれて**いない人形を与えられただけで、満足は出来ないのです」

先生はあきれたといった風《ふう》に、私の顔を見た。巻烟草《まきタバコ》を持っていたその手が少し顫《ふる》えた。

〈（三十一）より〉

主人公は、先生に向かって隠さないではっきり言ってくれと迫っています。「私は**魂の吹き込まれて**いない人形を与えられただけで、満足は出来ないのです」と言い、魂が吹き込まれたものが欲しいと言っています。

「魂を吹き込む」とはインスパイアすることで、インスパイアは思想や感情を相手の心に吹き込むこと、鼓吹すること、という意味です。聖書にも神が土人形に息を吹き込んで人間ができたとする話がありますが、神が生命を与えた、生命をインスパイアしたということです。

「魂」を辞書で引くと、人間などに宿って心の働きをつかさどり、生命を与えている原理そのもの、とあります。肉体と離れて存在し、肉体が滅びた後も存在すると考えられることが多い、とも。心の働き、精神、気力という意味で使われることもあります。


「あなたは大胆だ」

「ただ真面目《まじめ》なんです。真面目に人生から教訓を受けたいのです」

「私の過去を**許《あば》いて**もですか」

許くという言葉が、突然恐ろしい響《ひびき》を以《もっ》て、私の耳を打った。私は今私の前に坐《すわ》っているのが、一人の罪人《ざいにん》であって、不断から尊敬している先生でないような気がした。先生の顔は蒼《あお》かった。

（三十一）より

主人公から、先生の魂の声を聞きたい、先生の過去を知りたいと言われた先生は、「あなたは大胆だ」とあきれ顔で答えます。

そこで主人公は「真面目に人生から教訓を受けたいのです」と言います。先生の何かが自分にとって教訓になると思っているわけです。ここにも「真面目」というキーワードが出てきます。
先生は「私の過去を**許いて**もですか」と言います。
「許く」を辞書で引いてみると、意味は、隠されたものを公にすることのほかに、土を掘り起こして土中の物を表にさらすとか、秘密などを明らかにする、などがあります。『明鏡国語辞典』では「暴く」「曝く」「発く」「許く」の四つの漢字が出てきます。「許く」はあまり使わない字ですが、『新漢語林』で引くと、秘密などを暴き立てる、そしる、非難する、という意味があり、もともとは、人の罪を面と向かって暴くことを意味します。

過去の罪を面と向かって暴く意味があることから、この言葉が恐ろしい響きをもって主人公の耳を打ったことがわかります。「私の過去を知りたいのですか」ではなく、「過去を許いても」という言葉であることが、ぞっとするくらいのインパクトで主人公に伝わるわけです。先生は非常に心が揺れていることがわかります。

「あなたは本当に真面目なんですか」と先生が**念を押した**。「私は過去の**因果**で、人を疑《うたぐ》りつけている。だから実はあなたも疑っている。しかしどうもあなただけは疑りたくない。あなたは疑るには余りに単純すぎるようだ。私は死ぬ前にたった一人で好《い》いから、他《ひと》を信用して死にたいと思っている。あなたはそのたった一人になれますか。なってくれますか。あなたは**はらの底**から真面目ですか」

「もし私の命が真面目なものなら、私の今いった事も真面目です」

私の声は顫《ふる》えた。

〈(三十二)より〉

「真面目」という言葉に先生はこだわっています。「本当に真面目なんですか」と念を押しています。

「**念を押す**」は、相手に十分確かめる、重ねて注意する、という意味の慣用句です。関連語に「念のため」「念には念を入れる」などの言葉もあります。

「過去の因果で」とありますが、「**因果**」を辞書で引くと、仏教の言葉で、一切の現象の原因と結果の法則という意味です。前に行った業《ごう》の報い、不幸、不運の意味もあります。ここでは、仏教的な意味もありますが、過去に犯した罪というニュアンスでしょう。

「あなたははらの底から真面目ですか」と聞く人は、今の時代にはあまりいないと思いますが、「**はらの底から**」という表現は漱石の小説によく出てきます。はらの底に本心があるとする考え方です。胸のもっと奥の奥、心の奥底を「はら」と言っていたのです。
漱石の作品では、「はらの中」と書いて「はらのうち」と読む言葉遣いもたくさん出てきます。本心の意味での「はら」が、一つのキーワードになっています。

「よろしい」と先生がいった。「話しましょう。**私の過去を残らず、あなたに話して上げましょう。**その代り……。いやそれは構わない。しかし私の過去はあなたに取ってそれほど有益でないかも知れませんよ。聞かない方が増《まし》かも知れませんよ。それから、――今は話せないんだから、そのつもりでいて下さい。適当の時機が来なくっちゃ話さないんだから」

〈(三十一)より〉

先生の大切な秘密を知りたいと言う主人公に対して、先生はついに「**私の過去を残らず、あなたに話して上げましょう**」と応えます。ただし、今は話せない、適当な時機が来れば話すと約束します。それが「**下**　先生と遺書」につながっていきます。

下　先生と遺書

実をいうと、私はこの自分をどうすれば好《い》いのかと思い煩《わず》らっていた所なのです。このまま人間の中に取り残されたミイラのように存在して行こうか、それとも……その時分の私は「それとも」という言葉を心のうちで繰り返すたびにぞっとしました。馳足《かけあし》で絶壁の端《はじ》まで来て、急に底の見えない谷を覗《のぞ》き込んだ人のように。私は卑怯《ひきょう》でした。そうして多くの卑怯な人と同じ程度において**煩悶**《はんもん》したのです。

〈二〉より

「**中**　両親と私」の最後で、「この手紙があなたの手に落ちる頃《ころ》には、私はもうこの世にはいないでしょう」という先生の手紙の結末の一文を目にした主人公は、「今までざわざわと動いていた私の胸が一度に凝結したように感じ」ながら、三等列車の中で先生の手紙を読み始めます。

「**下**　先生と遺書」は、先生の語りですから、「私」とは先生のことです。

「多くの卑怯な人と同じ程度において煩悶した」とあります。「**煩悶**」は日常ではあまり使いませんが、漢字を見れば何となく意味がわかると思います。国語辞典を引くと、いろいろと思い煩うこと、悶《もだ》え苦しむことです。懊悩《おうのう》するに近い言葉です。この場面の先生は、思い悩み、迷いながら悶え苦しんでいる状態です。

「はんもん」と音で聞いて、この漢字が思い浮かぶ人は日本語力があると言えます。「煩《はん》」が思い煩うで、「悶《もん》」が悶えるですから、それぞれの漢字から、悩みがあって悶え苦しんでいる意味だとわかります。

例えば、人との会話の中で「昨日の夜、いろいろ考え込んで煩悶しちゃってね」と言われたときに、この漢字がすぐ思い浮かび、「煩悶は、煩うと悶えるという字だよね」と言える人は非常に教養があって、語彙力のある人だということになります、

私は貴方《あなた》の知っている通り、殆《ほと》んど世間と交渉のない孤独な人間ですから、義務

というほどの義務は、自分の左右前後を見廻《みまわ》しても、どの方角にも根を張っておりません。故意か自然か、私はそれを出来るだけ切り詰めた生活をしていたのです。けれども私は義務に**冷淡だからこうなったのではありません**。むしろ**鋭敏**《えいびん》過ぎて刺《し》戟《げき》に堪えるだけの**精力**がないから、御覧のように消極的な月日を送る事になったのです。

〈(二)より〉

漱石は書簡集でも似たようなことを書いています。一高の教え子だった和辻哲郎への手紙の中で、「私だって冷淡な人間ではありません。（中略）冷淡な人間なら、ああ癇癪《かんしゃく》は起しません」と述べています。

ここでも漱石は「**冷淡だからこうなったのではありません**」と先生に言わせています。「**鋭敏**」とは、感覚が鋭くて敏感なことです。鋭敏すぎる人は感受性が強く、刺激に堪えるだけの精力がないので、消極的な月日を送っているとあります。

ここで精力という言葉が出てくるのが面白いですが、「**精力**」を辞書で引くと、心身の活動力のことで、わき上がってくる力のこと、とあります。だから、神経は鋭敏だけど、わき上がる活動力が足りず消極的になっているということです。

実際ここに貴方《あなた》という**一人の男**が存在していないならば、私の過去はついに私の過去で、間接にも他人の知識にはならないで済んだでしょう。私は何千万といる日本人のうちで、ただ貴方だけに、私の過去を物語りたいのです。あなたは**真面目**《まじめ》だから。あなたは**真面目**に人生そのものから生きた教訓を得たいといったから。

〈(二)より〉

先生は、自分は死ぬ前にたった一人でいいから他人を信用して死にたい。あなたはそのたった一人になれますか。なってくれますか、と前に言っています。

ここでは「貴方という**一人の男**」と言っていますから、男から男に大事なことを伝える、というニュアンスです。ここを読むと、古代ギリシャのソクラテスからプラトンへ、プラトンからアリストテレスへと大切な教えが伝えられていくのと同じ雰囲気を感じます。

古代ギリシャでは青年に教えを授けることが最も高貴な義務とされていました。そのためソクラテスはソフィストたちを批判しました。お金をもらって知識を授けることは、青年をばかにしたよくないことだとソクラテスは考えたのです。もっと魂の大切なことを青年に伝えなければいけないと考え、青年たちと接していたからです。

この場面で先生は、あなたという男に秘密を打ち明けて過去を物語りたいと言っています。この辺りはある種、独特な男の世界で、奥さんに何も知らせていないのがよいかどうかは、また別な問題です。

「あなたは真面目だから。あなたは真面目に人生そのものから生きた教訓を得たいといったから」と、ここでもまた「**真面目**」という言葉にこだわっています。

相手の真面目さを信用しているからこそ打ち明けようと思ったわけです。自分の一番大切なことを話すときに相手が不真面目だと、とても話せたものではありません。

私は暗い**人世**の影を遠慮なくあなたの頭の上に投げかけて上《あげ》ます。しかし恐れては不可《いけま》せん。暗いものを**凝**《じっ》**と見詰めて**、その中から貴方《あなた》の参考になるものを御攫《おつか》みなさい。私の暗いというのは、固《もと》より倫理的に暗いのです。**私は倫理的に生れた男**

＝　**です。また倫理的に育てられた男**です。〈(二)より〉

「暗い人世の影を投げかけて上ます」という言い方は先生らしい言葉です。「じんせい」は普通「人生」と書きますが、ここでは人の世と書いています。「**人世**」を辞書で引いてみると、人の世の中、世間、浮世、この世の意味です。

一方「人生」は、一人の人間が生まれてから死ぬまでの間、人の一生のことですから意味が違うのですが、同じような意味で使うときもあります。ですから「人世」は、「人の世の中、世間」の意味と「人が生きている間」の意味の両方を含んだ言葉です。今は「人世」という言葉をあまり使わなくなりました。

「**凝と見詰めて**」とありますが、「じっと」は、この作品によく出てくる言葉です。辞書を引くと、体を動かさないで静かにしているさまとあります。また、目をこらす、神経をそのことだけに集中させているときにも使います。「凝視」の「凝」を書いて「じっと」と読ませているのですが、漱石は漢語が得意ですから、「じっと見詰める」という大和言葉に凝視の「凝」を当て字して、よりわかりやすくしているわけです。

先生は主人公に対して、私の暗い過去をじっと見詰めて、そこから参考になるものをつかんでしまいなさい、と言っているのです。

「倫理的に生まれ、倫理的に育てられた男」という文章には違和感を覚えるかもしれませんが、それが明治という時代の精神なのです。のちに、この明治の精神である「倫理的」がキーワードになっていきます。

ここでの「暗い」とは、性質上のことではなく、倫理的に暗いという意味です。これは、さらっと読んだだけではなかなか意味がわかりにくいかもしれません。人世をどう生きるべきかを考え、人の道はいかにあるべきかを考えるのが倫理的ということですが、「倫理的に暗い」とはどういう意味でしょうか。

例えば宮沢賢治は、「世界がぜんたい幸福にならないうちは個人の幸福はあり得ない」と宣言しています。こういう人は倫理的だと思います。みんなが幸せにならないなら、自分も幸せになれないという考えです。

倫理という科目があり、倫理学という学問もありますが、「倫理」を辞書で引くと、人倫の道のことであり、人の守るべき道理、行動の規範の意味です。人としてどう生きるべきか、人が踏み行う道とはどういうものなのかを考えていく人生が人倫の道です。

宮沢賢治の書いた小説に『学者アラムハラドの見た着物』という短編童話があります。その中で学者アラムハラドが「小鳥が鳴かないでいられないように、魚が泳がないでいられないように、人がしないではいられないことは何ですか」と子どもたちに聞きます。「善いことをしないではいられないと思います」と一人の子どもが言います。それを聞いたアラムハラドは「そうだ、その通り」と答えるのです。小鳥が鳴かないでいられないように、人間は善いこと正しいことをしないではいられない。生徒の答えにアラムハラドは感心するのですが、そこで、ふと思いに沈んでいるセララバアドという子どもに目がとまります。「何か言いたいように見えるが、言ってごらん」と言うと、セララバアドは「人は、自分の成すべき本当に善いこととは何なのかを考えずにはいられないと思います」と言ったのです。それで、アラムハラドは「ああ」と深い思索にふけってしまうわけです。

「自分がすべき善いこととは何なのか考えずにはいられない」。倫理的とはそういうことです。「何が善いことなのか、真理を求め人の道を求める、人は善を愛し道を求めないではいられない」。先生は、そういうふうに育てられた男なのです。

今、２０１０年代の世では、「自分がすべき善いこととは何なのか。それがずっと頭にあって、どう生きるべきかという問いがのしかかっている」人より、「自分にとって何が気持ちよいのか、何が快楽なのか」と考える人の方が多いでしょう。何が善いことなのかより、何が自分にとって心地よいことなのかと考える物質的な欲望の方が、今の時代は強いように思います。

フロイトは、人間の意識下にはリビドー（性衝動）やエス（動物的本能）と言われる本能エネルギー、つまり、こうしたいという欲望の塊のようなものがあって、それに対して超自我というスーパーエゴが、そうではなくこうすべきだと自我に命令を加えることでバランスがとれると考えました。やりたい放題やってしまう人は野放図になってしまいますので、リビドーに任せてしまうのではなく、こうすべきであると命令する超自我的な働きが必要です。そうすると、やりたいという欲動のエネルギーと、こうすべきとの理性の抑制の間で、バランスよく自我が育つというのがフロイトの考えです。

明治という時代は、自分がやりたいことより、こう生きるべきだとする考えの方が重かった時代だと思います。しかし今の時代は、どう生きるべきかより、こうしたいという欲望の方が大きくなっている時代だと思います。
明治時代の精神とは「倫理的な精神」であるとする考えが先生の中にあります。そのことが、実はこの物語のキーポイントになっているのです。

その極《きょく》あなたは私の過去を絵巻物《えまきもの》のように、あなたの前に展開してくれと逼《せま》った。私はその時心のうちで、始めて貴方《あなた》を尊敬した。あなたが無遠慮《ぶえんりょ》に私の腹の中から、或《ある》生きたものを捕《つら》まえようという決心を見せたからです。私の心臓を立ち割って、温かく流れる**血潮を啜《すす》ろう**としたからです。その時私はまだ生きていた。死ぬのが厭《いや》であった。それで他日《たじつ》を約して、あなたの要求を斥《しり》ぞけてしまった。私は今自分で自分の心臓を破って、その**血をあなたの顔に浴《あび》せかけようと**しているのです。私の鼓動《こどう》が停《とま》った時、あなたの胸に新らしい命が宿る事が出来るなら満足です。

〈（二）より〉

「あなたが無遠慮に私の腹の中から、或生きたものを捕まえようという決心を見せたから」尊敬したという言い方も、漱石らしい表現で面白いです。

「血潮を啜る」もすごい言葉ですが、「血潮」は、体内を潮のように流れる血、ほとばしる血から転じて、燃えるような激しい情熱のたとえにも用います。

「その**血をあなたの顔に浴せかけようと**しているのです。私の鼓動が停った時、あなたの胸に新らしい命が宿る事が出来る」は、何か神秘的な儀式が行われている感じがします。一人の人間が自ら命を落とす。そのことによって、その血を相手に浴びせかける。その血を浴びることによって新しい命が吹き込まれる。近代の物語とは思えないような、中世の怖い儀式を思わせるような場面です。この辺りが『こころ』という作品の面白さだと思います。

「血潮を啜ろうとした」「血をあなたの顔に浴せかけようとしている」が比喩ではないことが、後半の展開でわかります。血潮が現実のものとして現れるわけです。

この文庫本で2ページほどの文章を読むと、時代の空気を感じることができます。「真面目」であることが魂の一番大切なことだと伝授するけれど、それは血潮を浴びせかけるようなことなのだ。こうした怖さがはっきり表現されていて、音読すると、さらに迫力のある文章だとわかります。
このあと、先生の生い立ちが語られますが、少し飛ばします。

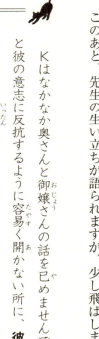

Kはなかなか奥さんと御嬢《おじょう》さんの話を已《や》めませんでした。（中略）彼の唇がわざと彼の意志に反抗するように容易《たやす》く開《あ》かない所に、**彼の言葉の重みも籠《こも》っていた**のでしょう。一旦《いったん》声が口を破って出るとなると、その声には普通の人よりも倍の強い力がありました。

（三十六）より

東京の高等学校に入った先生は、ある軍人の遺族の家に下宿します。その家には奥さんとお嬢さんが住んでいました。しばらくして、同じ高等学校に入った幼なじみのKも、その家に下宿することになります。先生は下宿のお嬢さんに愛情を感じていたのですが、あるときKからお嬢さんへの恋心を打ち明けられてしまいます。

「**彼の言葉の重みも籠っていた**」とありますが、Kは非常に物静かで意志の強い男ですから、そういう男の言葉には重みがあります。その言葉には普通の人よりも倍の力があるわけです。本当の意味で「真面目」さがあるのだと思います。

彼の重々しい口から、彼の御嬢《おじょう》さんに対する切ない恋を打ち明けられた時の私を想像して見て下さい。私は彼の魔法棒のために一度に化石されたようなものです。口をもぐもぐさせる働《はたらき》さえ、私にはなくなってしまったのです。

その時の私は**恐ろしさの塊《かたま》り**といいましょうか、または**苦しさの塊り**といいましょうか、何しろ**一つの塊り**でした。石か鉄のように頭から足の先までが急に固くなったのです。呼吸をする弾力性さえ失われた位に堅くなったのです。幸いな事にその状態は長く続きませんでした。私は一瞬間の後《のち》に、また人間らしい気分を取り戻しました。そうして、すぐ**失策《しま》った**と思いました。**先《せん》を越された**なと思いました。

（〈三十六〉より）

「恐ろしさの塊り」「苦しさの塊り」「一つの塊り」と、たたみかけるように固まった様子を表現しています。

「かたまり」を国語辞典で引いてみると、二つの漢字があります。固形物の「固」と、一まとまりの意味の「塊」という字です。「かたまり」は固まるの連用形の名詞化とありますから、形になっていないものが一まとまりになったのが「塊り」ということです。

動詞の連用形が名詞化する、つまり動詞から名詞になるのはよくあるケースで、例えば「育つ」から「育ち」などがあります。

ここでは化石化してしまって、石か鉄のように弾力性が失われてしまったが、それが解けたときに「しまった」と思ったとあります。「**失策った**」と書いて「しまった」と読ませています。「仕舞った」という字を当てる場合もあります。「しまった」と書くときに、これらの字を当ててみるのも面白いと思います。

「**先を越された**」とありますが、「先を越す」は、相手に先んじて物事をすることです。お嬢さんのことを好きだと自分が先に言えばよかったのですが、Kに先に言われてしまい、自分も好きなので困って固まってしまったわけです。すぐに「実は自分も好きなんだ」と言うことができず、黙り込んでしまったのです。

そのために私は前いった苦痛ばかりでなく、ときには一種の恐ろしさを感ずるようになったのです。つまり相手は自分より強いのだという恐怖の念が**萌**《きざ》**し**始めたのです。

（三十六）より

ここで恐怖の念が芽生え始めるわけです。「**萌す**」を辞書で引くと、もともとは植物が芽生える、芽ぐむ意味で、そこから転じて、物事が起ころうとするとか、心の中にある種の気持ち・考えなどが生ずる、という意味になりました。

「萌す」を「きざす」と読める人は語彙力がある人です。

また「きざす」は、物事が起きる気配があるという意味から、予兆の「兆」の字で「兆《きざ》す」とも書きます。

Kの告白の強さに、先生（私）の心に恐怖の念が生まれます。Kの方が自分よりも重さがある、Kの方が優れているかもしれない、Kの方が先にお嬢さんが好きだと言ったと、「思いの圧力」を感じているのです。自分よりも相手の思いの方が強いという恐怖の念が生まれてくるわけです。

二人は各自《めいめい》の室《へや》に引き取ったぎり顔を合わせませんでした。Kの静かな事は朝と同じでした。私も**凝《じっ》と**考え込んでいました。

〈(三十七)より〉

ここでまたキーワードの「**凝と**」が出てきます。とにかくじっと考えているのです。

私はKが再び仕切《しきり》の**襖《ふすま》**を開《あ》けて向うから突進してきてくれれば好《い》いと思いました。私にいわせれば、先刻はまるで不意撃《ふいうち》に会ったも同じでした。私にはKに応ずる準備も何もなかったのです。私は午前に失なったものを、今度は取り戻そうという下《した》心《ごころ》を持っていました。それで時々眼を上げて、**襖**を眺めました。しかしその**襖**は何《い》時《つ》まで経《た》っても開《あ》きません。そうしてKは永久に静《しず》かなのです。

その内《うち》私の頭は段々この静かさに掻《か》き乱されるようになって来ました。Kは今**襖**の向《むこう》で何を考えているだろうと思うと、それが気になって堪《たま》らないのです。不断もこんな風《ふう》に御互《おたがい》が**仕切一枚**を間に置いて黙り合っている場合は始終あったのですが、私はKが静であればあるほど、彼の存在を忘れるのが普通の状態だったのですから、その時の私はよほど調子が狂っていたものと見なければなりません。それでいて私はこっちから進んで**襖**を開ける事が出来なかったのです。一旦《いったん》いいそびれた私は、また向うから働らき掛けられる時機を待つより外《ほか》に仕方がなかったのです。

〈（三十七）より〉

「**襖**」という言葉が何箇所も出てきますが、襖が、この小説では大事な役割を果たしています。これ以前にも、奥さんが襖の向こうで、という場面によく使われています。この「襖一枚隔てて」が大事なのです。

襖とは襖障子のことで、木で骨を組んで両面から紙や布を貼ったものです。今の日本にも襖がないわけではないですが、少なくなっています。昔はよく子どもが襖に穴を開けたり破ったりしたものでした。私も小さい頃に襖を突き破ったことがあり、写真として記念に残っています。

障子は障子紙が貼られていますが、襖はそれよりも少し厚い紙が貼られています。その襖一枚で部屋が隔てられているわけです。二つの部屋に分けられてはいますが、その間にあるのは一枚の薄い紙だけで、しかもそれは開け閉めが簡単にできるものなのです。「**仕切り一枚**を間に置いて」とありますが、下宿先は一つの部屋を襖で二部屋に仕切っているだけの造りです。下宿のお嬢さんを二人の男性が好きになっている状況で、それぞれの部屋を仕切っているのは襖だけしかなく、いびきやせき払いも聞こえてくる状態なのです。そうした部屋の造りが、二人の緊張感をこれから一挙に高めていきます。

Kと先生（私）は幼なじみです。Kは本願寺の信徒でもあり、真面目な青年です。Kは、私がお嬢さんを好きなことを知りません。私は自分もお嬢さんが好きだけど、今さらKには言えず、もがいている状態です。それが襖一枚隔てたところで生活しているのですから、その緊張感は大変なものだと想像できます。

今の時代ではなかなかあり得ないドラマチックなシチュエーションです。今の時代ならば各自が部屋に閉じこもれば、もう一人がどんな状態かはわかません。しかし、襖となると音が筒抜けに聞こえてきます。

襖一枚で隔てられている緊張感がこの小説の醍醐味《だいごみ》だとするならば、「襖小説」と言えるかもしれません。

襖は非常に日本的なものです。仕切りを設けて部屋を分けているのだけれど、音ははっきり聞こえてくる、不思議な仕掛けです。

かぐや姫の「妹」という歌で、明日お嫁に行く妹が襖一枚隔てて小さな寝息を立てている様子が描かれています。襖は寝息も聞こえる構造なのです。

そういう意味で「襖」は不思議な存在です。襖にこだわってこの小説を「襖小説」として読むこともできるから、文学は面白いのです。真面目な小説として読むのもいいですが、襖に目をつけた襖小説として「あ、また襖が出てきた」と丸印をつけながら読んだり、「仕切り」というキーワードを見つけて読んだりしていくのも面白いと思います。

ラスコーリニコフが殺人事件を起こすドストエフスキーの小説『罪と罰』の中に、罪を犯すのは敷居をまたぐこと、敷居を越えることだという表現が何度も出てきます。善悪の観念を越えてしまうことを「敷居をまたぐ」と表現しています。この言葉に目をつけて読み進めていくと、ラスコーリニコフはいつその敷居を越えてしまったのか、という見方ができるようになります。江川卓さんの『謎とき『罪と罰』』という本は、こうした視点を教えてくれます。

『こころ』では「襖」という言葉に注目してください。例えば、この引用部分だけでも5箇所も出てきます。これからも注目して読み進めていきましょう。

しまいに私は**凝**《じっ》**として**おられなくなりました。無理に**凝として**いれば、Kの部屋へ飛び込みたくなるのです。（中略）ただ**凝として**いられないだけでした。それで方角も何も構わずに、正月の町を、むやみに歩き廻《まわ》ったのです。

〈（三十七）より〉

ここでも「**凝として**」という表現が連続して出てきます。

どうしてあんな事を突然私に打ち明けたのか、またどうして打ち明けなければいられないほどに、彼の恋が募《つの》って来たのか、そうして平生の彼は何処《どこ》に吹き飛ばされてしまったのか、凡《すべ》て私には解しにくい問題でした。私は彼の強い事を知っていました。また彼の**真面目**《まじめ》な事を知っていました。

〈（三十七）より〉

ここでもまた「**真面目**」というキーワードが出てきます。

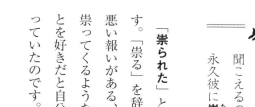

しかもいくら私が歩いても彼を動かす事は到底出来ないのだという声が何処《どこ》かで聞こえるのです。つまり私には彼が一種の魔物のように思えたからでしょう。私は永久彼に**崇《たた》られた**のではなかろうかという気さえしました。
〈三十七〉より

「**崇られた**」とありますが、映画などで「崇りじゃー」とか、よく使う言葉ではありません。「崇る」を辞書で引くと、怨霊・もののけなどが災いをする、罰《ばち》があたる、そこから、悪い報いがある、という意味もあります。ここでは、Kが自分にとって魔物であり、何か崇ってくるような存在であるように思えてしまったのです。さっさと自分もお嬢さんのことを好きだと自分の心を打ち明ければよかったのですが、それにはもう時機が過ぎてしまっていたのです。

私は突然Kが今隣りの室《へや》で何をしているだろうと思い出しました。私は半ば無意識に**おい**と声を掛けました。すると向うでも**おい**と返事をしました。Kもまだ起きていたのです。私はまだ寐《ね》ないのかと**襖ごし**に聞きました。もう寐るという簡単な挨拶がありました。（中略）

しかし私の眼はその暗いなかでいよいよ冴《さ》えて来るばかりです。私はまた半ば無意識な状態で、**おい**とKに声を掛けました。Kも以前と同じような調子で、**おい**と答えました。私は今朝《けさ》彼から聞いた事について、もっと詳しい話をしたいが、彼の都合はどうだと、とうとうこっちから切り出しました。私は無論**襖越**《ふすまごし》にそんな談話を交換する気はなかったのですが、Kの返答だけは即坐に得られる事と考えたのです。ところがKは先刻《さっき》から二度おいと呼ばれて、二度おいと答えたような素直《すなお》な調子で、今度は応じません。そうだなあと低い声で渋っています。私はまたはっと思わせられました。

〈（三十八）より〉

「**おい**」と声を掛けると「おい」と返事が来る。また「おい」と言うと「おい」と答える。部屋の「**襖ごし**」に「おい」のやりとりをする、ちょっと奇妙な二人の関係性が出て

いる場面です。

> Kの**生返事**《なまへんじ》は翌日《よくじつ》になっても、その翌日になっても、彼の態度によく現われていました。彼は自分から進んで例の問題に触れようとする気色《けしき》を決して見せませんでした。
> 〈(三十九)より〉

お嬢さんの話について、どうなんだと問うても、Kは生返事をするばかりでした。

「**生返事**」という言葉は今はあまり使いませんが、辞書を引くと、曖昧な返事、はっきりしない返事のことです。

以前、東大の入試問題に「母は息子を呼んだが、息子は生返事しかしなかった」という英作文が出ていましたが、「生返事」をそのまま「生」の意味で直訳してしまうとおかしな英文になります。ですので、彼は明確には返事をしなかったと変換して、(He didn't answer clearly.) とでも書けば間違いのない答えになると思います。このように、「生返事」はちょっと面白い言葉です。

「生」には名詞の上に付けて、その現象や状態が中途半端やいい加減だと表す用法があるのです。「生煮え」「生あくび」「生兵法」などです。「生半可」も中途半端のニュアンスがある言葉です。

私がKに向って、この際何《な》んで私の批評が必要なのかと尋ねた時、彼は何時《いつ》もにも似ない**悄然**《しょうぜん》とした口調で、自分の弱い人間であるのが実際恥ずかしいといいました。そうして迷っているから自分で自分が分らなくなってしまったので、私に公平な批評を求めるより外《ほか》に仕方がないといいました。私は**隙**《す》**かさず**迷うという意味を聞き糺《ただ》しました。

〈(四十)より〉

「**悄然**」を辞書で引くと、ものさびしいさま、物静かなさま、しおれて元気がない、しょんぼり憂いに沈んでいる、とあります。「悄然」と書いて「しょんぼり」と読ませることもあります。「しょんぼり」と「悄然」の意味が近いので、この漢字を当てたのでしょう。ここでは悄然《しょうぜん》という読みがついていて、しょんぼりとして元気がないさまの意味で使っています。

「○○然」とは、「○○の状態」「○○の様子」を表す意味ですから、例えば「慄然」とすれば、ぞっとするさま、恐れおののく様子を言います。また、「お嬢様然とした振る舞い」と言うときにも使います。「○○然」という言葉を使いこなせるようになると、少し漢語っぽい語彙が増えた、と言えると思います。

「隙かさず」は、間をあけずとか、間髪を入れず、すぐさまという意味です。普通は透明の「透」の字を使って「透かさず」と書きます。大和言葉ですから、平仮名で書くことが多いのですが、隙間を与えないさまの意味から、漱石が「隙」という字を「す」と読ませて隙《す》かさずとしているのは、非常にうまい漢字の使い方かもしれません。

先生（私）はKに「隙かさず、聞き糺した」と言っています。Kは今、元気がない。「自分が弱い人間であり、自分で自分が分らなくなってしまった」と言っています。これがKの隙だと思った私は、そこに食い込んでいったわけです。強いはずのKが弱くなっている今こそ、責め立てるときだと思い、問いただしていったのです。

そうした内容を理解すると、「隙かさず」に「隙」の字を当てたのは、象徴的な使い方だと思います。

Kが理想と現実の間に**彷徨**《ほうこう》してふらふらしているのを発見した私は、ただ一打《ひとうち》で彼を倒す事が出来るだろうという点にばかり眼を着けました。そうしてすぐ彼の**虚**《きょ》**に付け込んだ**のです。

〈（四十一）より〉

「**彷徨**」とは、あてもなく歩き回る、さまようことです。彷徨といえば、かつて「八甲田山死の彷徨」と呼ばれる事件がありました。明治35（1902）年に、日本陸軍の部隊が八甲田山での雪中行軍の途中で遭難した事件で、軍事訓練の途中に暴風雪にさらされて彷徨し、多くの凍死者を出したのを思い出しました。

Kは、理想と現実の間をふらふらとさまよっている様子なので、彼を一打ちで倒すことができるだろうと、虚につけ込んだとあります。「**虚に付け込む**」という慣用句は、「虚に付け入る」「虚に乗ずる」とも言いますが、相手が備えのないのにつけ込む、相手のすきを突いて攻める意味です。

私は先《ま》ず「**精神的に向上心のないものは馬鹿だ**」といい放ちました。これは二人で房州《ぼうしゅう》を旅行している際、Kが私に向って使った言葉です。私は彼の使った通りを、彼と同じような口調で、再び彼に投げ返したのです。しかし決して復讐《ふくしゅう》ではありません。私は復讐以上に残酷な意味を有《も》っていたという事を自白します。私はその一言《いちごん》でKの前に横たわる恋の行手《ゆくて》を塞《ふさ》ごうとしたのです。

（四十一）より

「**精神的に向上心のないものは馬鹿だ**」と言うことが、なぜ「恋の行手をふさぐ」ことになるのでしょう。それはこの当時、Kのように宗教的な考えを抱いている真面目な人間にとって、恋愛ごとで思い悩むなどは情けない、という考え方があったからです。

しかも「向上心のないものは馬鹿だ」はもともとKの言葉です。自分が友達に対して厳しく言った言葉が、そっくりそのまま自分に返ってきたのです。

ですから先生（私）はKに対して非常にずるいことをやったとも言えます。Kが弱っているところへ、精神的に向上心がないと、K自身が言った言葉で切りつけたのです。

向上心のあることが「真面目」ということであり、真面目であることが、明治の精神では非常に大事なことです。

それで私は、恋のことなどで悩んでいるのは精神的に向上心がないからだと切りつけて、Kの恋の行く手をふさごうと打撃を与えたのです。

向上心とは、進歩しようとする心、よりすぐれた状態を目指そうとする心です。「向上心」を『明鏡国語辞典』で引くと、「よりよい方向を目指し自らを高めようとする心」とあり、用例として『こころ』の「精神的に向上心のないものは馬鹿だ」が載っています。

精進《しょうじん》

> 私はただ男女《なんにょ》に関係した点についてのみ、そう認めていたのです。Kは昔《むか》しから精進という言葉が好《すき》でした。私はその言葉の中に、禁慾《きんよく》という意味も籠《こも》っているのだろうと解釈していました。
> 〈(四十一)より〉

「**精進**」を辞書で引くと、ひたすら仏道修行に励むこと、またその心の働き、とあります。それが転じて、一定期間いろいろなものを制限し、身を清めて禁欲する意味もあります。精進潔斎という言葉がありますが、肉食や酒などを断ち身を清めることですので、禁欲とセットなのです。

浄土真宗の寺に生まれたKは精進という言葉が好きで、だから向上心を持って仏道修行に励んでいたわけです。それなのに下宿先のきれいなお嬢さんを好きになってしまったのは、精進していないことになり自己矛盾が起きます。人を好きになることは現代人にとっては自然なことに思われますが、Kにとっては違います。そこで先生（私）はKを責め立てるわけです。

私もお嬢さんを好きなわけですから、どうしてもKの恋の行く手を阻まなければいけないと思っているのです。

私はただKが急に生活の方向を転換して、私の利害と衝突するのを恐れたのです。要するに私の言葉は単なる**利己心**の発現でした。

「精神的に向上心のないものは、馬鹿だ」

私は二度同じ言葉を繰り返しました。そうして、その言葉がKの上にどう影響するかを見詰めていました。

「馬鹿だ」とやがてKが答えました。「僕は馬鹿だ」

Kはぴたりと其所《そこ》へ立ち留《どま》ったまま動きません。彼は地面の上を見詰めています。私は思わずぎょっとしました。私にはKがその刹那《せつな》に**居直《いなお》り強盗**の如く感ぜられたのです。

〈四十一〉より

「**利己心**」とは、自分の利害だけを考えて、他人の迷惑を考えようとしない心です。己を利すること、自分一人だけの利益を考え、他人のことを顧みない利己的な心です。そして先生（私）は「精神的に向上心のないものは、馬鹿だ」と二度同じ事を言って、相手が弱っているところにもう一度刀を振り下ろしてしまったのです。

「居直り強盗の如く」とありますが、「**居直り強盗**」とは、盗みに入った者が家人に見つかり、そこで強盗に変わることです。

しかし私にも教育相当の良心はありますから、もし誰か私の傍《そば》へ来て、御前は卑《ひ》怯《きょう》だと一言《ひとこと》**私語《ささや》いて**くれるものがあったなら、私はその瞬間に、はっと我に立ち帰

ったかも知れません。

（四十二）より

『坊っちゃん』にもありましたが（98頁参照）、「ささやく」を「**私語く**」と書いているのは面白い表現です。「ささやく」は、ひそひそと話す、私語する、人にこっそり言う、などの意味があります。普通は「囁く」と書き、「耳語」とも書きます。

するとKは、「止《や》めてくれ」と今度は頼むようにいい直しました。私はその時彼に向って残酷な答を与えたのです。**狼が隙《すき》を見て羊の咽喉笛《のどぶえ》へ食《くら》い付く**ように。
「止めてくれって、僕がいい出した事じゃない、もともと君の方から持ち出した話じゃないか。しかし君が止めたければ、止めても可《い》いが、ただ口の先で止めたって仕方があるまい。君の心でそれを止めるだけの**覚悟**がなければ。一体君は君の平生の主張をどうするつもりなのか」

（四十二）より

「**狼が隙を見て羊の咽喉笛へ食い付く**」とありますが、すでにKは弱っている羊のような状態なのです。それなのに、さらに「君の心でそれを止めるだけの覚悟がなければ」と責め立てます。「**覚悟**」という言葉がここからキーワードになります。

彼はいつも話す通り頗《すこぶ》る強情《ごうじょう》な男でしたけれども、一方ではまた人一倍の正直者でしたから、自分の矛盾などをひどく非難される場合には、決して平気でいられない質《たち》だったのです。私は彼の様子を見て**漸《よう》やく**安心しました。すると彼は**卒然《そつぜん》**「**覚悟？**」と聞きました。そうして私がまだ何とも答えない先に「**覚悟、――覚悟ならない事もない**」と付け加えました。彼の調子は独言《ひとりごと》のようでした。また夢の中の言葉のようでした。

〈（四十二）より〉

「**漸やく**」を辞書で引くと、漸漸《やくやく》の変化した語とあり、次第に、ようやっと、徐々に、やっとのことで、などの意味があります。

「**卒然**」は「突然」と同じような意味で、にわかなさま、だしぬけなさまなど、事が急に起こるさまを言います。

口先だけでなく、覚悟はあるのか、と武士の覚悟のようなことを先生（私）から投げ掛けられたことに対して、「**覚悟、――覚悟ならない事もない**」と、Kが言ったことが重要なところです。本当の腹の底からの考えを吐露したのです。

「覚悟」を『日本国語大辞典』で引いてみると、迷いを捨てて真実の道理を悟ること、気がつくこと、あらかじめ心構えすること、心の用意、あきらめること、観念すること、記憶することなどの意味があります。『広辞苑』には、記憶すること、心構え、あきらめること、心を決めることなどの意味が載っています。

「覚悟ならない事もない」という言い回しには、恐い響きがあります。何を覚悟したのかが心配されます。

しかし突然私の名を呼ぶ声で眼を覚ましました。見ると、間の**襖**《ふすま》が二尺《しゃく》ばかり開《あ》いて、其処《そこ》にKの黒い影が立っています。（中略）

Kはやがて開けた**襖**を**ぴたりと立て切り**ました。私の室《へや》はすぐ元の暗闇《くらやみ》に帰りました。

〈（四十三）より〉

「間の**襖**が開いて」「開けた**襖**を立てきり」と、また「襖」が出てきました。そこにKの黒い影が立っています。夜中にKは何を言いたかったのでしょうか。

「**立て切る**」とは、閉め切る、すっかり閉ざす、という意味です。

Kはそういう点に掛けて鋭どい自尊心を有《も》った男なのです。ふと其所《そこ》に気のついた私は突然彼の用いた「**覚悟**」という言葉を連想し出しました。すると今までまるで気にならなかったその二字が妙な力で私の頭を抑《おさ》え始めたのです。〈四十三〉より

Kの言った「**覚悟**」の「二字が妙な力で私の頭を抑え」とありますが、この時代の人は文字をとても大事にしていました。ですから、二字に頭を押さえつけてくると感じるほどの力があったのです。漱石は『私の個人主義』という講演録の中で、「自己本位」「自分本位」の四文字が自分を救ってくれた、と語っています。文字で救われることを、漱石は経験しているわけです。

ところが「覚悟」という彼の言葉を、頭のなかで何遍《なんべん》も**咀嚼**《そしゃく》しているうちに、私の得意はだんだん色を失なって、しまいにはぐらぐら揺《うご》き始めるようになりました。私はこの場合もあるいは彼にとって例外でないのかも知れないと思い出したのです。凡《すべ》ての疑惑、煩悶《はんもん》、**懊悩**《おうのう》、を一度に解決する最後の手段を、彼は胸のなかに畳《たた》み込んでいるのではなかろうかと疑ぐり始めたのです。そうした新らしい光で覚悟の二字を眺め返して見た私は、はっと驚ろきました。

（四十四）より

「『覚悟』という彼の言葉を、頭のなかで何遍も咀嚼しているうちに」とありますが、「**咀嚼**」を辞書で引くと、もともとは食べ物をかみ砕く意味ですが、そこから転じて、文章や事柄の意味などをよく考えて十分に理解し味わうことの意味もあります。ここでは相手の言葉をかみ砕いて理解しようということです。

「覚悟」という言葉を「咀嚼」しているうちに、いろいろな疑念が生まれ、自分の思いがぐらぐらと揺れ始めたのです。

「凡ての疑問、煩悶、懊悩、を一度に解決する最後の手段を、彼は胸のなかに畳み込んでいるのではなかろうか」と疑い始め、先生（私）は、この「覚悟の二文字」の意味を間違えて捉えてしまうわけです。

「**懊悩**」とは、心の底で悩みもだえることで、煩悶と同じような意味です。

私はただKが御嬢《おじょう》さんに対して進んで行くという意味にその言葉を解釈しました。**果断に富んだ**彼の性格が、恋の方面に発揮されるのが即ち彼の覚悟だろうと**一図**《いちず》に思い込んでしまったのです。

私は私にも最後の決断が必要だという声を心の耳で聞きました。私はすぐその声に応じて勇気を振り起しました。私はKより先に、しかもKの知らない間《ま》に、事を運ばなくてはならないと覚悟を極《き》めました。私は黙って機会を**覘**《ねら》**って**いました。

〈（四十四）より〉

Kの覚悟とは、お嬢さんに恋心を抱いて、迷いにはまってしまった自分に対して、こんな自分は生きているかいがないという思いだったのかもしれません。それに対して先生

（私）は、覚悟という言葉を、Kがお嬢さんに対して進んで行く意味に解釈してしまいます。「果断に富んだ彼の性格が、恋の方面に発揮されるのが即ち彼の覚悟だろう」と思い込んでしまったのです。

「一図」とは、一つのことだけ追い求めること、ひたむきの意味で、普通は「一途」と書きます。「一図」は古い表記です。

「果断に富む」という言葉遣いは、今はあまりしませんが、思い切って事を行う、決断力があるなどの意味です。

決断力と行動力のあるKの性格が恋愛にも発揮されたら、さっさとお嬢さんとの結婚話を進めてしまうかもしれない、と私は思ったのです。しかし、この時のKの覚悟とは、そういう意味ではなかったのです。そして、Kの「覚悟」という言葉の意味を取り違えてしまったところから、悲劇が起こります。

「私にも最後の決断が必要だと」「勇気を振り起し」「Kより先に、事を運ばなくてはならない」と、私は誤解の上で覚悟を決めてしまうわけです。

「覘う」は、目的が達成される機会を待つという意味で、普通は「狙う」と書きます。

私は突然「奥さん、御嬢《おじょう》さんを私に下さい」といいました。奥さんは私の予期してかかったほど驚ろいた様子も見せませんでしたが、それでも**少時**《しばらく》返事が出来なかったものと見えて、黙って私の顔を眺めていました。一度いい出した私は、いくら顔を見られても、それに**頓着**《とんじゃく》などはしていられません。「下さい、是非下さい」といいました。「私の妻として是非下さい」といいました。

〈（四十五）より〉

覚悟という言葉をめぐって誤解が起こり、「Kの覚悟」対「私の覚悟」という構図になっていきました。「私の覚悟」とは、とにかく何とか自分もお嬢さんへの思いを遂げたいということです。それで、Kとお嬢さんのいない時に、下宿先の奥さんに直談判をしようと考えたわけです。そして、いきなり奥さんにお嬢さんを自分の妻にほしいと言ってしまいます。「頓着などはしていられません」「下さい、是非下さい」の辺りは、切迫した感じが出ています。

「**頓着**《とんじゃく》」は、「とんちゃく」とも読みますが、心に掛けること、気にすることです。

「**少時**」と書いて「しばらく」と読ませているのも面白いです。

男のように**判然**《はきはき》した所のある奥さんは、普通の女と違ってこんな場合には大変心持よく話の出来る人でした。「**宜**《よ》**ござんす**、差し上げましょう」といいました。「差し上げるなんて威張《いば》った口の利ける境遇ではありません。どうぞ貰って下さい。御存じの通り父親のない憐《あわ》れな子です」と後《あと》では向うから頼みました。（中略）

親類はとにかく、当人にはあらかじめ話して承諾を得るのが順序らしいと私が注意した時、奥さんは「大丈夫です。本人が不承知の所へ、私があの子を遣《や》るはずがありませんから」といいました。

〈（四十五）より〉

あまり急ではないかと戸惑いながらも、奥さんは、男のようにはきはきしたところのある性格で、大変心持ちよく話ができる人なので「**宜ござんす**、差し上げましょう」、そして「どうぞ貰って下さい」と、簡単明瞭に話は片付いてしまいました。

「**はきはき**」という言葉に「**判然**」と当てて書いているのは面白いところです。

奥さんは、何の条件も出さず、親類に相談する必要もないと言うのですが、本人に承諾を得ないで大丈夫かと聞くと、「大丈夫です。本人が不承知の所へ、私があの子を遣るはずはありませんから」と答えます。

お嬢さんはまだ何も聞いていないのに、これで結婚が決まってしまうのです。「下さい」に「宜ござんす、差し上げましょう」で話が決まるのは、時代を感じます。

もっとも、お嬢さんの意向を無視したわけではなく、普段から接している母親には、お嬢さんも先生（私）に好意を持っていることがわかっていたので返事をした、ということかもしれません。

この辺りは、当時の結婚事情がわかって面白いところです。ある意味で、現代より結婚が簡単だった時代なのです。

今の時代は結婚率がとても下がっていて、2016年に発表された国立社会保障・人口問題研究所の調査では、18～34歳の独身者の中で、男性7割、女性6割に交際相手がいないという結果が出ました。

現代はそういう時代ですから、結婚していない人も多いのですが、漱石の時代には、「お嬢さんをぜひ下さい」と言ったら、二つ返事で「宜ござんす」と返ってくるのが、面白く感じられます。

「よござんす」を辞書で引くと、許可・承諾の意味を表す言葉で、「よい」の連用形「よう」に「ござんす」が付いた「よう・ござんす」の変化したもの、とあります。「善御座」とも書きます。

何処《どこ》か男らしい気性を具《そな》えた奥さんは、何時《いつ》私の事を食卓でKに**素**《すっ》**ぱ抜かない**とも限りません。それ以来ことに目立つように思えた私に対する御嬢《おじょう》さんの**挙止動作**《きょしどうさ》も、Kの心を曇らす不審の種とならないとは断言できません。

（四十七）より

先生（私）がKを出し抜いた形になったわけですが、このことはKにはまだ内緒でした。しかし、いつ奥さんがKに素っぱ抜かないとも限りません。食卓で突然言い出さないとも限らないので、私は焦るわけです。

「**素っぱ抜く**」は、ちょっと面白い言い方ですが、刃物を不意に抜き放つ意味で、転じて隠し事や秘密を不意に暴く意味もあります。

「素っぱ」とは盗人や詐欺師のことですが、戦国時代に武家に雇われた忍びの者のことでもあります。「素っぱ抜く」との関連は明らかではありませんが、思いがけないところへ突然現れる点で共通しています。

「**挙止動作**」とは、立ち居振る舞い、挙動のことです。

要するに私は正直な路《みち》を歩くつもりで、つい足を滑らした馬鹿ものでした。もしくは**狡猾**《こうかつ》な男でした。そうして其所《そこ》に気のついているものは、今の所ただ天と私の心だけだったのです。しかし立ち直って、もう一歩前へ踏み出そうとするには、今滑った事を是非とも周囲の人に知られなければならない**窮境**《きゅうきょう》に陥《おち》いったのです。私はあくまで滑った事を隠したがりました。同時に、どうしても前へ出ずにはいられなかったのです。私はこの間に挟《はさ》まってまた**立ち竦《すく》み**ました。

（四十七）より

もし奥さんに全ての事情を打ち明けたら、自分の弱点があらわになってしまうから、お嬢さんに対して格好が悪い。真面目な先生（私）にはそれが未来の信用に関わると思われ、打ち明けることができませんでした。それを「正直な路を歩くつもりで、つい足を滑らした馬鹿もの」と言っているのです。

「**狡猾**な男」とありますが、「狡猾」は、悪賢くてずるいという意味です。狡獪《こうかい》とも言います。

「**窮境**に陥いった」とありますが、「窮境」とは、苦しい境遇、苦しい立場のことです。

「この間に挟まってまた立ち竦みました」とあります。これは大事な一文です。「**立ち竦む**」とは、身動きもしないでじっと立ち続ける、驚きや恐怖で立ったまま体が動かなくなることです。ここでは、心理的な状態の立ちすくみです。つまり実際に立ったまま動けないのではなく、心が立ちすくんでいるのです。そういうところもきちんと読み込むと、板挟みになって固まってしまったんだ、と理解できます。

奥さんのいう所を綜合《そうごう》して考えて見ると、Kはこの最後の打撃を、最も落付いた驚《おどろき》をもって迎えたらしいのです。Kは御嬢さんと私との間に結ばれた新らしい関係について、最初はそうですかとただ一口《ひとくち》いっただけだったそうです。しかし奥さんが、「あなたも喜こんで下さい」と述べた時、彼ははじめて奥さんの顔を見て微笑を洩《も》らしながら、「**御目出とう**御座います」といったまま席を立ったそうです。そうして茶の間の障子《しょうじ》を開ける前に、また奥さんを振り返って、「結婚は何時《いつ》ですか」と聞いたそうです。それから「何か御祝《おいわ》いを上げたいが、私は金がないから上げる事が出来ません」といったそうです。奥さんの前に坐《すわ》っていた私は、その話を聞いて**胸が塞る**《ふさが》ような苦しさを覚えました。

（〈四十七〉より）

奥さんがついにKに話してしまいます。そしてKは「この最後の打撃を、最も落付いた驚をもって迎えたらしい」とあります。さらに「結婚は何時ですか、何か御祝いを上げたいが、私は金がないから上げる事が出来ません」と言ったそうです。これを聞いた先生（私）は、胸が塞がるような苦しさを覚えるのです。

「**胸が塞がる**」は、悲しみや心配で暗い気持ちになることです。

Kは自分がお嬢さんのことを好きだと言ったのに、親友であるはずの私に裏切られ、先にお嬢さんとの結婚を一気に決められてしまったことで、とんでもない打撃を受けるわけです。K自身は、お嬢さんのことを諦めようと思っていたにもかかわらず、信頼していた親友に裏切られたことで、最後の気持ちの糸が切れてしまったのかもしれません。

ちなみに「**おめでとう**」は、辞書を引くと「おめでたい」の連用形「おめでたく」の音便形で、「御目出度う」「御芽出度う」という漢字を当てる、とあります。

> 彼の**超然とした態度**はたとい外観だけにもせよ、敬服に値《あたい》すべきだと私は考えました。彼と私を頭の中で並べてみると、彼の方が遥《はる》かに立派に見えました。「おれは策略で勝っても人間としては負けたのだ」という感じが私の胸に渦巻いて起りました。
>
> （四十八）より

漱石自身が超然主義と言われた人ですけれども、「**超然とした態度**」とは、世俗を超越した高い境地から睥睨《へいげい》する、にらみつけるような、周りの影響を受けにくい態度のことです。

「**超然**」を辞書で引くと、かけ離れているさま、抜け出ているさま、物事にこだわらないさま、世俗にとらわれないさま、という意味です。

「彼の方が遥かに立派に見えました」「策略で勝っても人間としては負けたのだ」と先生（私）が思っていると、次の事件が起こってしまうのです。

私が進もうか止《よ》そうかと考えて、ともかくも翌日《あくるひ》まで待とうと決心したのは土曜の晩でした。ところがその晩に、Kは自殺して死んでしまったのです。私は今でもその光景を思い出すと**慄然《ぞっ》と**します。何時《いつ》も東枕《ひがしまくら》で寝《ね》る私が、その晩に限って、偶然西枕に床《とこ》を敷いたのも、何かの因縁《いんねん》かも知れません。私は枕元から吹き込む寒い風でふと眼を覚《さま》したのです。見ると、何時も立て切ってあるKと私の室《へや》との**仕切《しきり》の襖《ふすま》**が、この間の晩と同じ位開《あ》いています。けれどもこの間のように、Kの黒い姿は其所《そこ》には立っていません。私は暗示を受けた人のように、床の上に肱《ひじ》を突いて起き上りながら、**屹《きっ》と**Kの室を覗《のぞ》きました。洋燈《ランプ》が暗く点《とも》っているのです。それで床も敷いてあるのです。しかし掛蒲団《かけぶとん》は跳返《はねかえ》されたように裾《すそ》の方に重なり合っているのです。そうしてK自身は向うむきに突ッ伏《つぶ》しているのです。

私はおいといって声を掛けました。しかし何の答もありません。おいどうかしたのかと私はまたKを呼びました。それでもKの身体《からだ》は些《ちっ》とも動きません。私はすぐ起き上って、敷居際《しきいぎわ》まで行きました。其所《そこ》から彼の室の様子を、暗い洋燈《ランプ》の光で見《み》廻《まわ》して見ました。

その時私の受けた第一の感じは、Kから突然恋の自白を聞かされた時のそれとほぼ同じでした。私の眼は彼の室の中を一目《ひとめ》見るや否《いな》や、あたかも硝子《ガラス》で作った義眼のように、動く能力を失いました。私は棒立《ぼうだち》に**立竦《たちすく》み**ました。それが疾風《しっぷう》の如く私を通過したあとで、私はまたああ失策《しま》ったと思いました。もう取り返しが付かないという**黒い光**が、私の未来を貫ぬいて、一瞬間に私の前に横《よこた》わる全生涯を**物凄《ものすご》く**照らしました。そうして私はがたがた顫《ふる》え出したのです。

〈（四十八）より〉

「**仕切の襖**が、この間の晩と同じ位開いています」とあります。また「襖」が出てきました。しかしそこには黒い姿は立っていない。Kの部屋を覗いて、向こうむきに突っ伏しているKに「おい」と声を掛けても動かない。そして、部屋の中を見て棒立ちに立ちすくんだのです。

この「**立ち竦む**」は、驚きや恐怖で立ったまま体が動かなくなることで、先ほどの心理的に立ちすくんだのとは違う意味です。

Kの倒れている姿を見て立ちすくみ、「失策った」と思うのです。「もう取り返しが付かないという**黒い光**が、私の未来を貫ぬいて、一瞬間に私の前に横わる全生涯を**物凄く**照らしました」とあります。この「ものすごい」ですが、程度がはなはだしい意味もありますが、非常に恐ろしいとか、非常に気味が悪いとかの意味もあります。

光が全生涯を不気味なほど強烈に照らしたのです。しかもどういう光かというと「黒い光」です。光とは白く明るいものです。黒は光を吸収した色ですから、「黒い光」というものはあり得ません。それを「黒い光が照らした」と表現しているのです。絵に描いたとしたら、とても恐ろしい絵になるでしょう。自分の未来を、全生涯を、黒い光が強烈に照らすというのは、普通ではあり得ないのですから。

「もう取り返しが付かないという黒い光が、私の未来を貫ぬいて」という一文だけを読んでも、漱石らしい表現だと思います。

ほかに「**慄然**」と書いて「ぞっと」と読ませていることにも注目しておきましょう。

「屹と」とは、急に、すばやく、とっさに、などの意味で、「屹度」や「急度」の当て字があります。

手紙の内容は簡単でした。そうしてむしろ抽象的でした。自分は**薄志弱行**《はくしじゃっこう》で到底行先《ゆくさき》の望みがないから、自殺するというだけなのです。（中略）。しかし私の尤《もっと》も痛切に感じたのは、最後に墨《すみ》の余りで書き添えたらしく見える、**もっと早く死ぬべきだのに何故**《なぜ》**今まで生きていたのだろう**という意味の文句でした。

私は顫《ふる》える手で、手紙を巻き収めて、再び封の中へ入れました。私はわざとそれを皆《みん》なの眼に着くように、元の通り机の上に置きました。そうして振り返って、**襖**《ふすま》**に迸**《ほと》**ばしっている血潮**を始めて見たのです。

（四十八）より

先生（私）はKの遺書を見ます。すると「自分は**薄志弱行**で到底行先の望みがないから自殺する」とだけ書いてありました。さらに、私には世話になった礼、奥さんにはお詫《わ》びが付け加えて書かれていましたが、お嬢さんの名前はなかったのです。

そして、最後に書き添えられた「**もっと早く死ぬべきだのに何故今まで生きていたのだろう**」という言葉がキーワードとして残るのです。

私は、遺書に自殺の理由として自分のことが書かれていたら大変だという利己的な世間体から夢中で封を切ったのですが、そういう言葉はありませんでした。

その後が映画のワンシーンのようなのです。私は元通り机の上に遺書を置き、振り返ったところで、初めて**襖に迸ばしっている血潮**を見たのです。

ここでも襖と、ほとばしる血潮が出てくるわけです。「あなたに血潮を浴びせかける」という文章が前にありましたが、ここでは本当に襖にほとばしった血潮が出てきます。

頸動脈を切ったためすさまじい勢いで血が飛び散り、生命の存在の形として、あるいは生命の終わりの形として襖に描かれたのです。だから絵画として、襖絵として見たときに、非常に恐ろしい絵となります。人間の全身をめぐる血の勢いはとても強く、頸動脈を切ると何メートルにも吹き上がるといいます。血潮のほとばしりは生命のすごさ、強さを表しているにもかかわらず、襖絵の血潮は、今はもうない生命が描いたものなのです。

襖にほとばしった血潮が、先生（私）が主人公に向かって言った「自分の過去を話すことで、自分の血潮をあなたの顔に浴びせかける」という表現とつながってくるわけです。

ですから、この作品は「襖」や「血潮」という言葉に注目しながら読んでいくと、「また血潮が出てきた」「また襖が出てきた」「二人の間にあった襖に血潮を浴びせかけたのだ」というように「襖小説」や「血潮小説」として読むことができるのです。

『こころ』とはどういう小説かと聞かれたときに、明治精神の小説だとか、真面目小説とか、覚悟小説とか、襖小説とか、血潮小説とか、そういう言い方をするのもちょっと面白い見方ではあります。

語彙としては、「**薄志弱行**」に注目してください。最近ではあまり使われない言葉ですが、意志が弱く物事を断行する気力に乏しいことです。同じ意味の言葉に「意志薄弱」があります。

私は少しも泣く気にはなれませんでした。私はただ恐ろしかったのです。そうしてその恐ろしさは、眼の前の光景が官能を刺戟《しげき》して起る単調な恐ろしさばかりではありません。私は**忽然《こつぜん》と**冷たくなったこの友達によって暗示された運命の恐ろしさを深く感じたのです。

〈（四十九）より〉

この小説には、「○○然」という言葉が数多く出てきますが、ここでは「**忽然**」です。「忽然」を辞書で引くと、たちまちに起こるさま、急なさま、とあります。漱石は漢語が得意ですから、漢語がよく出てきます。「忽」は「たちまち」と読むわけですから、漢語を学んだ人は「忽」の字を見た瞬間に「たちまち」の意味だとわかるわけです。

漢文を学ぶのは大事なことで、漢文は中国語を日本語に変えていくようなものです。ですので「忽」という字を見たら「たちまち」と読めるような知識を体得しておくと、日本語と漢語の連絡がよくなるわけです。

私は顋《あご》で隣の室《へや》を指すようにして、「驚ろいちゃ**不可《いけ》ません**」といいました。奥さんは蒼《あお》い顔をしました。「奥さん、Kは自殺しました」と私がまたいいました。奥さんは其所《そこ》に**居竦《いすく》まった**ように、私の顔を見て黙っていました。その時私は突然

奥さんの前へ手を突いて頭を下げました。「済みません。私が悪かったのです。あなたにも御嬢《おじょう》さんにも済まない事になりました」と**詫《あや》まり**ました。（中略）つまり私の自然が**平生**の私を出し抜いてふらふらと懺悔《ざんげ》の口を開かしたのです。奥さんがそんな深い意味に、私の言葉を解釈しなかったのは私にとって幸《さいわい》でした。蒼い顔をしながら、「**不慮**の出来事なら仕方がないじゃありませんか」と慰さめるようにいってくれました。しかしその顔には驚きと怖《おそ》れとが、彫《ほ》り付けられたように、硬《かた》く筋肉を攫《つか》んでいました。

（四十九）より

語彙を見てみると、「**いけません**」に、不可の意味から「不可ません」と当て字をしているのが面白いです。同じように、「**あやまる**」は普通「謝る」と書きますが、詫びる意味から「詫」の字を当てています。

「**居竦まった**」とは、恐ろしさなどのために、その場に座ったまま動けなくなることで、「いずくまる」とも言います。「居すくむ」も同じ意味です。奥さんはすくんで動けなくなったわけです。

「私の自然が平生の私を出し抜いて」とありますが、「**平生**」は、ふだん、いつもの、という意味です。

「不慮の出来事なら仕方がないじゃありませんか」の「**不慮**」は、予測がつかず思いがけないことの意味です。

Kは小さなナイフで頸動脈《けいどうみゃく》を切って一息《ひといき》に死んでしまったのです。外《ほか》に創《きず》らしいものは何にもありませんでした。私が夢のような薄暗い灯《ひ》で見た唐紙の血潮は、彼の頸筋《くびすじ》から一度に迸《ほと》ばしったものと知れました。私は日中《にっちゅう》の光で明らかにその迹《あと》を再び眺めました。そうして人間の血の勢《いきおい》というものの**劇《はげ》しい**のに驚ろきました。

〈（五十）より〉

「小さなナイフで頸動脈を切って一息に死んでしまったのです」とあります。「唐紙の血潮は、一度に迸ばしったもの」で、「人間の血の勢というものの**劇しい**のに驚きました」とありますが、「はげしい」に、劇薬とか劇的とかの「**劇**」を当てて書いています。「はげしい」にはいくつかの漢字があり、「激」や「烈」も使います。

私は妻《さい》と顔を合せているうちに、**卒然**《そつぜん》Kに脅《おびや》かされるのです。つまり妻が中間に立って、Kと私を何処《どこ》までも結び付けて離さないようにするのです。妻の何処にも不足を感じない私は、ただこの一点において彼女を遠ざけたがりました。（中略）
私はただ妻の記憶に**暗黒な一点**を印するに忍びなかったから打ち明けなかったのです。純白なものに一雫《ひとしずく》の**印気**《インキ》でも容赦《ようしゃ》なく振り掛けるのは、私にとって大変な苦痛だったのだと解釈して下さい。

〈（五十二）より〉

「**卒然**」は前にも出ましたが、突然と同じ意味です。
お嬢さんは結婚して先生（私）の妻になりましたが、私は妻の記憶を汚すことが嫌で、Kの自殺の理由を打ち明けなかったのです。
「**暗黒な一点**」とはKの自殺のことです。暗黒な一点に対比させて「純白なもの」が出てきます。純白なものに一しずくの**印気**《インキ》が掛かり、美しさが壊れてしまうのが嫌だと。そのことについては、少し前に「若い美くしい人に恐ろしいものを見せると、折角の美くしさが、そのために破壊されてしまいそうで私は怖《こわ》かったのです」と書いています。同じことですが、妻を純白なままにしておきたいと言っています。

何しろ、二人が結婚へと進む過程には、一人の死が横たわっているわけですから、家庭が暗い感じにならないように、妻には言わずにいたのです。しかし妻も、なんとなく察しているような気がします。

「インキ」とはインクのことですが、「印気」の字を当てているのは面白いです。

世間はどうあろうともこの己《おれ》は立派な人間だという信念が何処《どこ》かにあったのです。それがKのために美事に破壊されてしまって、自分もあの叔父と同じ人間だと意識した時、私は急にふらふらしました。他《ひと》に**愛想《あいそ》を尽かし**た私は、自分にも愛想を尽かして動けなくなったのです。

〈五十二〉より

先生（私）は、自分は立派な人間だという信念がぶち壊されて、かつて欺かれた叔父と同じ種類の人間だと自覚し、他人にも自分にも愛想を尽かしてしまいます。「**愛想を尽かす**」は、他に対する好意や愛情を捨てるとか、見限る、嫌になるという意味の慣用句です。「あいそをする」という言葉もあります。人を手厚くもてなす意味です。

> 書物の中に自分を生埋《いきうめ》にする事の出来なかった私は、酒に魂を浸《ひた》して、己《おの》れを忘れようと試みた時期もあります。私は酒が好きだとはいいません。けれども飲めば飲める**質**《たち》でしたから、ただ量を頼みに心を**盛**《も》**り潰**《つぶ》**そうと**力《つと》めたのです。この**浅薄**《せんぱく》**な方便**はしばらくするうちに私をなお**厭世的**《えんせいてき》にしました。
>
> （五十三）より

語彙を見てみましょう。「**質**」は、人の性質、体質、資質、生まれつきという意味。「**盛り潰す**」は、酒を飲ませて正体をなくさせる、酔い潰れさせることです。「**浅薄**」は思慮が浅いこと、「**方便**」は目的のために用いる便宜的な手段のことです。「**厭世的**」は、中学生ぐらいの時にどういう意味だろう思って辞書を引いた記憶があります。人生に絶望し世をはかなむこと、人生を悲観し生きることを嫌うさまです。厭世とは、世の中が嫌になることです。

理解させる手段があるのに、理解させる勇気が出せないのだと思うと益《ますます》悲しかったのです。私は**寂寞**《せきばく》でした。何処《どこ》からも切り離されて世の中にたった一人住んでいるような気のした事も能《よ》くありました。（中略）

私はしまいにKが私のようにたった一人で淋《さむ》しくって仕方がなくなった結果、急に**所決**《しょけつ》したのではなかろうかと疑がい出しました。そうしてまた**慄**《ぞっ》**とした**のです。私もKの歩いた路《みち》を、Kと同じように辿《たど》っているのだという**予覚**《よかく》が、折々風のように私の胸を横過《よこぎ》り始めたからです。

〈（五十三）より〉

「私は寂寞でした」とありますが、「**寂寞**」は、ひっそりしてもの寂しいさまです。「**所決**」とは処理をつけることで、「処決」とも書きます。『広辞苑』には、用例として『こころ』のこの部分の文章が載っています。

ここでもまた「**慄とした**」というフレーズが出てきました。「ぞっと」は大和言葉ですから「慄然」の「慄」を当てているのです。意味は、恐ろしさで身の毛がよだつさま、寒さや恐ろしさで震え上がることです。ここでは、Kの歩いた道を自分も同じように歩いている、すなわち自殺の道をたどっていることに気がついて、自分自身ぞっとしたということです。

「**予覚**」は、将来起こるであろうことをあらかじめ悟ることで、予感と同じ意味です。

> 私はそれまでにも何かしたくって堪《たま》らなかったのだけれども、何もする事が出来ないのでやむをえず**懐手**《ふところで》をしていたに違《ちが》いありません。世間と切り離された私が、始めて自分から手を出して、幾分でも善《い》い事をしたという自覚を得たのはこの時でした。私は罪滅《つみほろぼ》しとでも名づけなければならない、一種の気分に支配されていたのです。
>
> 〈五十四〉より

「やむをえず懐手をしていた」とありますが、「**懐手**」は手を懐に入れていること。転じて、人に任せて自分は何もしない意味です。袖手傍観《しゅうしゅぼうかん》、つまりある状態を眼前に見ながら、何もしないでただ成り行きに任せていること、拱手傍観《きょうしゅぼうかん》、つまり腕を組んで脇で見ているだけで何もしないことも同じ意味です。

私の胸にはその時分から時々恐ろしい**影が閃《ひら》めき**ました。初めはそれが偶然外《そと》から襲って来るのです。私は驚ろきました。私はぞっとしました。しかししばらくしている中《うち》に、私の心がその**物凄《ものすご》い**閃《ひら》めきに応ずるようになりました。しまいには外から来ないでも、自分の**胸の底**に生れた時から潜《ひそ》んでいるものの如くに思われ出して来たのです。私はそうした心持になるたびに、自分の頭がどうかしたのではなかろうかと疑《うたぐ》って見ました。けれども私は医者にも誰にも診《み》てもらう気にはなりませんでした。

（五十四）より

「恐ろしい**影が閃めき**ました」とあります。閃めくのは普通は光です。「影が閃めく」とは不思議な表現です。以前に出た「黒い光が照らす」と同じで、「光が閃めく」のではなく「影が閃めく」という表現にしているのが面白いと思います。

そこで私はまた「ぞっと」するわけです。そして私の心が「物凄い閃めきに応ずる」ようになったとあります。

ここで再び「**物凄い**」が出てきました。これは、程度がはなはだしいと同時に、恐ろしい、ぞっとする、気味が悪いという意味です。だから「物凄い閃めき」とは、気味が悪いものが激しく閃めいていることで、しかも閃めいているのは影なのです。これは非常に文学的な表現だということがわかると思います。

こういう文章は、何気なく読んでいると読み飛ばしてしまうと思います。「恐ろしい影が閃めきました」とあるけれど、影は閃めかないだろうとか、一つ一つの表現が意味することを考えていくと、表現の面白さがわかります。

また、今の若い人は「すごい」をよく使いますが、恐ろしいとか、気味が悪いとかの意味があることがわかると、使い方も違ってくるでしょう。

「自分の胸の底に生れた時から潜んでいるもの」のように思えてきたとあります。生まれた時から自殺する考えがあったようにさえ思えてしまうということです。ここでも「**胸の底**」という言葉が出てきますが、「腹の底」や「底」などの言葉は、この作品にとても多く出てきます。

自分で自分を鞭《むちう》つよりも、自分で自分を殺すべきだという考《かんがえ》が起ります。私は仕方がないから、死んだ気で生きて行こうと決心しました。（中略）

私と妻《さい》とは決して不幸ではありません、幸福でした。しかし私の**有《も》っている**一点、私に取っては容易ならんこの一点が、妻には常に暗黒に見えたらしいのです。それを思うと、私は妻に対して非常に気の毒な気がします。

〈（五十四）より〉

先生（私）は罪を深く感じて、死んだ気で生きて行こうと決心しました。

「私の有っている一点」「容易ならんこの一点が、妻には常に暗黒に見えたらしい」とあります。前にも「暗黒な一点を印するに忍びない」と言っていました。

「**有っている**」は、持つという言葉に「有」の字を当てています。

死んだつもりで生きて行こうと決心した私の心は、時々外界の刺戟《しげき》で躍《おど》り上がりました。しかし私がどの方面かへ切って出ようと思い立つや否《いな》や、恐ろしい力が何《ど》処《こ》から出て来て、私の心をぐいと握り締めて少しも動けないようにするのです。そうしてその力が私に**御前は何をする資格もない男だ**と抑《おさ》え付けるようにいって聞かせます。すると私はその一言《いちげん》で直《すぐ》たりと萎《しお》れてしまいます。

〈(五十五)より〉

恐ろしい力がどこからか出てきて、私の心をぐいと握り締めて動けないようにする。「**御前は何をする資格もない男だ**」と、その力に言われると、先生はぐったりとしおれたようになってしまいます。先生の内面では、こうした苦しい闘いが続いていたのです。

妻《さい》が見て**歯痒《はがゆ》がる**前に、私自身が何層倍《なんぞうばい》**歯痒い思い**を重ねて来たか知れない位です。私がこの牢屋《ろうや》の中《うち》に凝《じっ》としている事がどうしても出来なくなった時、またその牢屋をどうしても突き破る事が出来なくなった時、**必竟《ひっきょう》**私にとって一番楽な努力で遂行《すいこう》出来るものは自殺より外《ほか》にないと私は感ずるようになったのです。

〈(五十五)より〉

「**歯痒がる**」「**歯痒い思い**」とあります。「歯痒い」は形容詞で、思うままにならなくて、心がいらだつさま、もどかしい、じれったいなどの意味です。「歯痒い」の語幹に接尾語「がる」がついたものが「歯痒がる」で、歯痒い気持ちを言動に表すことです。

そして先生は、心の牢獄にいることも出ることもできなくなったときに、一番楽な努力で遂行できるのは自殺しかない、という結論に達するわけです。

「**必竟**」もよく出てくる言葉です。最終的に、ついには、結局という意味ですが、普通は「畢竟」の字を使います。もともとは仏教用語で、「畢」も「竟」も終わる意味なので、究極、至極、最終などの意味になります。

私に私の宿命がある通り、妻《さい》には妻の**廻《まわ》り合せ**があります、二人を一束《ひとたば》にして火に燻《く》べるのは、無理という点から見ても、痛ましい極端としか私には思えませんでした。

同時に私だけがいなくなった後《あと》の妻を想像して見ると如何《いか》にも**不憫《ふびん》**でした。母の死んだ時、これから世の中で頼りにするものは私より外《ほか》になくなったといった彼女の**述懐**《じゅっかい》を、私は腸《はらわた》に沁《し》み込むように記憶させられていたのです。私はいつも**躊躇**《ちゅうちょ》しました。妻の顔を見て、止《よ》して可《よ》かったと思う事もありました。そうしてまた**凝**《じっ》**と竦**《すく》**んで**しまいます。

〈（五十五）より〉

語彙を見てみましょう。「**廻り合わせ**」は、運命の巡り合わせの意味です。私がいなくなった後の妻は不憫だとありますが、「**不憫**」は、かわいそうなこと、哀れむべきことです。「不愍」とも書きますが、どちらも当て字です。「**述懐**」とは、心中の思いを述べること。「**躊躇**」は、あれこれと迷って決心がつかないことです。

そしてまた先生は「**凝っと竦んで**」しまうわけです。

すると夏の暑い盛りに明治天皇《めいじてんのう》が**崩御**《ほうぎょ》になりました。その時私は明治の精神が天皇に始まって天皇に終ったような気がしました。最も強く明治の影響を受けた私どもが、その後《あと》に生き残っているのは必竟《ひっきょう》時勢遅れだという感じが烈《はげ》しく私の胸を打ちました。私は**明白《あから》さま**に妻にそういいました。妻《さい》は笑って取り合いませんでしたが、何を思ったものか、突然私に、では**殉死《じゅんし》**でもしたら可《よ》かろうと**調戯《からか》い**ました。

（五十五）より

「**崩御**」は、天皇・皇后・皇太后・太皇太后の死去を表す尊敬語で、古くは上皇・法皇にも使いました。「**殉死**」は、主君等の死を悼み、臣下が後を追って自殺する行為で、古代からありますが、江戸時代に入り四代将軍徳川家綱が禁じてからほぼ絶えていました。「**あからさま**」とは、ありのまま、明白なさまのことで、その意味から「明白」の字を当てています。「**からかい**」は、心ないことを言って相手を困らせて面白がることで、「調戯」の字を当てているところが漱石らしいです。

妻《さい》の**笑談《じょうだん》**を聞いて始めてそれを思い出した時、私は妻に向ってもし自分が殉死するならば、**明治の精神に殉死するつもりだ**と答えました。私の答も無論笑談に過ぎなかったのですが、私はその時何だか古い不要な言葉に新らしい意義を盛り得たよ

うな心持がしたのです。 〈（五十六）より〉

「もし自分が殉死するならば、**明治の精神に殉死するつもりだ**」とありますが、明治の精神とは倫理的な精神です。先生（私）は確かに卑怯《ひきょう》なことをしてしまったけれど、それを抱えて、自ら始末をつける。それも明治の精神だということです。

漱石は江戸時代の終わりの慶応3（1867）年の生まれで、大正5（1916）年に亡くなっていますので、その生涯のほとんどが明治時代と重なります。先生の人生も、漱石と同じように明治時代にすっぽり収まります。明治天皇の崩御は一時代の終わりであり、明治の精神の終わりだと感じられたと思うのです。

乃木大将の話がこのあと出てくるのですが、乃木大将が殉死したことも重なって、明治がついに終わってしまったと感じたのでしょう。

「**笑談**」は、ふざけて言う話のことです。古くは「笑談」と書きましたが、今は普通「冗談」と書きます。『日本国語大辞典』によると、「冗談」に定着したのは大正時代以後と見られるようです。

私は新聞で乃木大将の死ぬ前に書き残して行ったものを読みました。**西南戦争《せいなんせんそう》の時敵に旗を奪《と》られて**以来、申し訳のために死のう死のうと思って、つい今日《こんにち》まで生きていたという意味の句を見た時、私は思わず指を折って、乃木さんが死ぬ覚悟をしながら生きながらえて来た年月《としつき》を勘定して見ました。西南戦争は明治十年ですから、明治四十五年までには三十五年の距離があります。乃木さんはこの三十五年の間《あいだ》死のう死のうと思って、死ぬ機会を待っていたらしいのです。私はそういう人に取って、生きていた三十五年が苦しいか、また刀を腹へ突き立てた**一刹那《いっせつな》**が苦しいか、どっちが苦しいだろうと考えました。

〈(五十六)より〉

「**西南戦争の時敵に旗を奪られて**」とありますが、西南戦争は、明治10（1877）年に西郷隆盛が鹿児島で起こした明治政府への反乱です。そのとき乃木希典《まれすけ》は政府軍の連隊長でしたが、連隊旗手が戦死したため西郷軍に軍旗を奪われてしまったのです。殉死の際の遺書にもそのことが触れられていました。敵に旗を奪われて以来、ずっとその責任を感じて死のう死のうと思いながら生きていたという意味の乃木大将の句を見たときに、先生

（私）は、ああ、この人は35年の間、死ぬ機会をひたすら待っていたのだと、その思いの深さを知ったのです。それが、Ｋの「なぜ今まで生きていたのだろう」という言葉と重なって、自分自身も同じだと気づき、いよいよ自殺する決心がついたのです。

「**一刹那**」とは、非常に短い時間、一瞬間を表す仏教語です。

それから二、三日して、私はとうとう自殺する決心をしたのです。私に乃木《の》さんの死んだ理由が能《よ》く解《わか》らないように、貴方《あなた》にも私の自殺する訳が明らかに呑み込めないかも知れませんが、もしそうだとすると、それは**時勢**の推移から来る人間の相違だから仕方がありません。あるいは箇人《こじん》の有《も》って生れた性格の相違といった方が確《たし》かかも知れません。私は私の出来る限りこの不可思議な私というものを、貴方に解らせるように、今までの叙述で己《おの》れを尽《つく》したつもりです。

（五十六）より

「貴方にも私の自殺する訳が明らかに呑み込めないかも知れませんが、それは時勢の推移から来る人間の相違だから」とありますが、「**時勢**」とは、時代の移り変わる勢いのことです。「時代の趨勢《すうせい》」という言葉も同じ意味です。

司馬遼太郎は、当時の日本を「明治という国家」と言っています。明治は、日本の一時代ですが、古代ローマが一つの国家としてあったように、明治という時代にあった一つの国家、すなわち「明治という国家」であったと思えたのかもしれません。

漱石よりずっと若い永井荷風でさえ、関東大震災による明治の文化の喪失をうたった「震災」という詩の中で「われは明治の兒《こ》ならずや」と言っています。また、中村草田男は「降る雪や明治は遠くなりにけり」と、明治のよき時代を思った句を詠んでいます。

このように、明治という時代が日本人に残したものは強烈だったのです。私の祖父が明治生まれでしたが、「明治生まれっていうのは」とよく言っていたことを覚えています。

明治時代は、維新を経た日本が欧米列強と渡り合っていくために近代国家をつくるという壮大なチャレンジをものすごい速度で行った時代です。人間も近代的になっていった時代で、そのための人間としての強さ、特有の精神が確かにあったと思います。強く前に進んでいく覚悟、真面目に生きる覚悟をもった、明治の精神があったのです。

先生（私）は、そうした真面目に強く生きる明治の精神に殉じる道を選びました。何も死ななくてもいいではないかと思うかもしれませんが、すべてを終了させる意味で自殺を決心をしたのだと思います。

> 私は妻《さい》には何にも知らせたくないのです。妻が己《おの》れの過去に対してもつ記憶を、なるべく**純白に**保存して置いて遣《や》りたいのが私の唯一《ゆいいつ》の希望なのですから、私が死んだ後《あと》でも、妻が生きている以上は、あなた限りに打ち明けられた私の秘密として、凡《すべ》てを**腹の中**にしまって置いて下さい。
>
> （五十六）より

「**純白**に保存して置いて遣りたい」とありますが、前にも純白なものに一しずくのインキが掛かると美しさが壊れてしまうというような表現がありました。

「凡てを**腹の中**にしまって置いて下さい」と、また「腹の中」という言葉が出てきました。「腹の底」や「腹のうち」などの表現が漱石の作品にはたくさん出てきます。

この作品は、真面目さが交錯する中での悲劇を描いています。ただ同じお嬢さんを好きになってしまっただけと思われがちですが、明治という時代に生きた人が、真面目さを中心に倫理的な生き方をしていく中で、男と女、そして男同士の真摯《しんし》な交流と対立があって、このような悲劇が生まれたわけです。

今の時代からすると、なぜそこまでと思うかもしれませんが、そこには明治の精神があったのです。時勢が違うのであなたにはわからないかもしれないと、この当時から言っているのが面白いところです。

ですので、今の私たちにとって遠いと感じるか、それとも共感できるかは、読み手の解釈力にかかっているわけです。

しかし、不思議なことに『こころ』という作品は、今の高校生の心にも深く刻み込まれるようです。『こころ』だけは忘れられないという学生が多いのには驚かされます。

前半は教科書に載っていませんが、後半の部分、一番肝心なKとのやりとり以降は教科書に載っていますので、高校生のファンが多いのでしょう。

『こころ』は、漱石が漢語と大和言葉の両手で読み手の心をつかんで離さないのです。恐怖とか、畏怖とか、懊悩とか、漢語で迫ってくる手と、日常のやわらかい大和言葉で包む手があり、読者の心をがっしりとつかんでしまうのです。ですから、先生が遺書の中で語る言葉によって心理状態がとてもよくわかり、先生の心に自分の心を投影して引きずり込まれていくわけです。

この小説を読むときには、「それは思い込み過ぎなんじゃないか」とか、「これはちょっと不自然じゃないか」とか外側から見るのではなく、遺書の中で述べられている先生にとっての必然性を内側から追体験してください。それが文学の醍醐《だいごみ》味だと思います。

先生自身が遺書の中で自己を分析して丁寧に語っているので、それを読んで先生の心の中をのぞくことにより、「人間はこんなふうにものを考え、こんなふうに人を理解し、あるいは誤解していくのだな」と、人が生きる意味を考え直します。そして、読んでいるうちに自然と語彙も身につき、人間理解力も育っていくわけです。

これこそが文学の力であり、人間に対する理解、社会に対する理解、そして生きるということに対する理解が深くなっていくのです。この物語後半の数十ページをしっかり読むだけでも、人間理解力がぐんと増していきます。これが漱石のすごさ、文学の素晴らしさだと思います。

第四章

漱石の作品の名言を味わう

これまでは作品の流れに即して言葉を取り上げ、語彙を中心に解説してきました。この章では漱石の他の七つの作品について、名言・名文を取り上げて味わいたいと思います。

吾輩は猫である

（1905年1月－1906年8月、「ホトトギス」）

「吾輩は猫である。名前はまだない」という有名な書き出しで始まる『吾輩は猫である』は、夏目漱石の処女小説です。中学校の英語教師の家で飼われている猫の視点から人間模様を描いたユニークな小説で、ホフマンの長編小説『牡猫ムルの人生観』をヒントに着想したとも言われています。ホフマンは自分の飼い猫が死んだときに死亡通知を出すほどかわいがっていましたが、漱石も飼っていた猫が死んだときに、官製葉書に黒枠を塗って死亡通知を出しています。漱石の日記の中にも、猫の墓標を書いた話が載っています。また「猫の墓」というエッセイがあって、その中に、猫が死んだときに作った句が載っていますが、そのくらい猫をかわいがっていたことがわかります。

吾輩は猫である。名前はまだない。
どこで生れたか頓《とん》と見当がつかぬ。何でも薄暗いじめじめした所でニャーニャー泣いていた事だけは記憶している。吾輩はここで始めて人間というものを見た。しかもあとで聞くとそれは書生という人間中で一番獰悪《どうあく》な種族であったそうだ。この書生というのは時々我々を捕《つかま》えて煮て食うという話である。しかしその当時は何という考《かんがえ》もなかったから別段恐しいとも思わなかった。ただ彼の掌《てのひら》に載せられてスーと持ち上げられた時何だかフワフワした感じがあったばかりである。掌の上で少し落ち付いて書生の顔を見たのがいわゆる人間というものの見始《みはじめ》であろう。この時妙なものだと思った感じが今でも残っている。第一毛を以《もっ》て装飾されべきはずの顔がつるつるしてまるで薬缶《やかん》だ。

〈(一)より〉

冒頭の一段落を読んだだけでも、なぜか引き込まれていく魅力的な文章です。
今ではあまり使われない「獰悪な種族」とか、「我々を捕まえて煮て食う」とか、ここだけでもユーモラスな感じがします。人間を恐れているのだけれど、「持ち上げられた時何だかフワフワした感じがあった」と言っていて、かわいがられるとうれしいと感じているようです。この猫はかわいげがあるのです。そして、人間の顔については、つるつるしてまるでやかんに見えると言っています。この作品は猫の目から見たものなので、少し離れたところから人間を観察して描いているところが面白いのです。

大飯を食った後でタカジヤスターゼを飲む。飲んだ後で書物をひろげる。二、三ページ読むと眠くなる。涎《よだれ》を本の上へ垂らす。これが彼の毎夜繰り返す日課である。吾輩は猫ながら時々考える事がある。教師というものは実に楽なものだ。人間と生れたら教師となるに限る。こんなに寐《ね》ていて勤まるものなら猫にでも出来ぬ事はないと。

〈(一)より〉

胃薬を飲みうたた寝をしているのは漱石自身のことでしょう。漱石のユーモアは、上から目線ではなく、自分を笑いのネタにするところが面白いのです。

このあと人間を観察する文が続き、「吾輩は人間と同居して彼らを観察すればするほど、彼らは我儘《わがまま》なものだと断言せざるを得ないようになった」と言っています。

今もある実業家の所へ行って聞いて来たんだが、金を作るにも三角術を使わなくちゃいけないというのさ――義理をかく、人情をかく、恥をかくこれで三角になるそうだ。

（四）より

ここに出てくる三角術とは、金を作るために三つの術が必要だということです。義理をかく、人情をかく、恥をかくと、「かく」でそろえたことで格言的になっていて、ユーモラスな表現です。三角術とは三角法のことで、数学の技法ですが、辞書で「三角術」を引くと、「角」を「欠く」にかけた、三つのものを欠いた手段で、三欠法とも言うとあります。用例に漱石のこの文章が載っています。

鏡は己惚《うぬぼれ》の醸造器である如く、同時に自慢の消毒器である。

（九）より

うぬぼれや自己愛の強い人をナルシシストと言います。ギリシャ神話に出てくるナルシスが、池に映る自分の顔を見てうっとりと自己陶酔したのが、ナルシシストの語源です。「鏡は己惚れの醸造器」と言っていますが、鏡を見ると鏡の中の自分がなんて素敵なんだろうと思って、うぬぼれが強くなる場合があります。

私の学生時代には髪型に気を使う人も少なく、鏡を見ることも少なかったのですが、今は、男子高校生が頻繁に鏡を見て眉を整え、いかに格好よくなろうかと努力する時代です。しかし、鏡を見るとうぬぼれが醸造されるばかりでなく、よくよく見てみると自分を客観視することにもなります。なんて自分は美しくないんだろうとか、汚い顔だとか、本当の自分が見えてくる場合もあるのです。

主人は鏡を見て己《おの》れの愚を悟るほどの賢者ではあるまい。

〈（九）より〉

この文章は面白い表現です。鏡を見て己の愚を悟るのは賢者であるが、そうではないので、「賢者ではない」と言っているわけです。ココ・シャネルは、必ず部屋に鏡を何個も置いていたらしいです。たぶんそれは、自己を見つめ直すものとして、鏡には効果があると思っていたからでしょう。

今代《きんだい》の人は探偵的である。泥棒的である。探偵は人の目を掠《かす》めて自分だけうまい事をしようという商売だから、勢《いきおい》自覚心が強くならなくては出来ん。泥棒も捕《つか》まるか、見付かるかという心配が念頭を離れる事がないから、勢自覚心が強くならざるを得ない。今の人はどうしたら己《おの》れの利になるか、損になるかと寐《ね》ても醒《さ》めても考えつづけだから、勢探偵泥棒と同じく自覚心が強くならざるを得ない。二六時中《にろくじ》キョトキョト、コソコソして墓に入《い》るまで一刻の安心も得ないのは今の人の心だ。文明の呪詛《じゅそ》だ。馬鹿々々しい。

〈十一〉より

今の人は、どうしたら利になるか損になるかと探偵のようにキョトキョト、コソコソしていないといけない、それが「文明の呪詛だ。馬鹿々々しい」とあります。人の様子をうかがい、自分だけ得をしようと思っていると、周りをキョトキョト見回してばかりいることになります。これではいつまでたっても心が落ち着かない。それが文明の呪いであると言っているわけです。

近代の人は探偵や泥棒と同じように自覚心が強くならざるを得ないと言っていますが、ＳＮＳ（インターネット交流サイト）全盛の現代は、みんな周りにどう思われるかを気にしながら生きています。そういう意味ではきわめて探偵的です。漱石の頃より一層、周りをキョロキョロ見て、もっと落ち着きのない時代だと言えそうです。

昔しの人は己《おの》れを忘れろと教えたものだ。今の人は己れを忘れるなと教えるからまるで違う。二六時《にろくじ》中己れという意識を以《もっ》て充満している。それだから二六時中太平の時はない。いつでも焦熱地獄だ。天下に何が薬だといって己れを忘れるより薬な事はない。

（十一）より

禅僧の道元が書いた『正法眼蔵』の中に「仏道をならうというは、自己をならうなり。自己をならうというは、自己をわするるなり」という言葉があります。自分を忘れろ、自我をなくせ、そうすれば悟りの境地になり、楽になるということです。ところが今の人は、自己を忘れるなとか、自分をしっかり持てとか、自覚心を持てとか言われ続けているから大変です。

漱石は、文明とは自己や自我を大事にするものなのに、それが逆に人を苦しめているという考えを一貫して持っています。それが「文明の呪詛」という言葉に象徴されています。サルトルが『存在と無』の中で、「まなざしの地獄」と言っています。それは、他者から常に見られていることです。「地獄とは他者のことだ」「他者とはまなざしのことだ」と、他者をまなざしとして捉えているわけで、見られ続けると確かに地獄になります。

お互いに常に見合っていて、見られているし見てもいる「まなざしの地獄」の激しい緊張感が、現代社会ではインターネットで増幅されて、ストレスの温床になっているのかもしれません。そういう意味では、この漱石の分析は、ＳＮＳ全盛の現代でも当たっていると思います。

草枕

（1906年9月、「新小説」）

この作品は、漱石が精神的な美しい世界を思い切り表現した作品だと思います。小説としての体裁がどうのこうのではなく、自分の考える美の世界とはこういうものなのだと思いきり書き表した独特な作品です。

中国の詩を引用してみたり、西洋の詩を引用してみたり、日本の作品を引用してみたりと、引用が花盛りです。漱石の教養がにじみ出た詩的な世界を奔放な文体で描いた、半ば幻想的な部分もある作品です。

智《ち》に働けば角《かど》が立つ。情《じょう》に棹《さお》させば流される。意地を通せば窮屈だ。とかくに人の世は住みにくい。

住みにくさが高《こう》じると、安い所へ引き越したくなる。どこへ越しても住みにくいと悟った時、詩が生れて、画《え》が出来る。

〈（一）より〉

冒頭のこの一文はとても有名です。智と情と意は、三つがセットになって、人間の心の働きを表しているものです。

「智に働けば角が立つ」とは、頭が良すぎると人の批判などをして、だんだん他人とうまくいかなくなることを言っています。世間では、智が勝ちすぎているとうまくいかないこともあるのです。「情に棹させば流される」の「棹さす」を、流れに逆らうことと間違って理解している人もいるようですが、正しくは、船頭が流れに棹をさして勢いをつけ加速するという意味です。しかし、相手の情に流されると変な方向に行ってしまうことがあります。例えば、気の毒だと同情して借金の保証人になったために、自分がその借金の返済をしなければならなくなるケースもあります。

そして、物事の道理にこだわって意地を通せば、窮屈になりうまくいかなくなることもあります。

人の世は住みにくいので、住みやすいところに引っ越したくなるけれど、どこに越しても住みにくいのは変わらないと悟ったときに詩や芸術が生まれる、というのが面白いところです。

ただの人が作った人の世が住みにくいからとて、越す国はあるまい。あれば人でなしの国へ行くばかりだ。人でなしの国は人の世よりもなお住みにくかろう。越す事のならぬ世が住みにくければ、住みにくい所をどれほどか、寛容《くつろげ》て、束《つか》の間《ま》の命を、束の間でも住みよくせねばならぬ。ここに詩人という天職が出来て、ここに画家という使命が降《くだ》る。あらゆる芸術の士は人の世を長閑《のどか》にし、人の心を豊かにするが故《ゆえ》に尊《たっ》とい。

〈（一）より〉

人の国が嫌ならば、人でなしの国に行くしかない。しかし、人でなしの国は、もっと生きにくい。だから今の世界を住みよくしようと思ったときに芸術が生まれる、ということです。忙しいときに、ふと美術館やコンサートに行ってみるとほっとすることがあります。世の中の価値とは違う美の価値でできているのが芸術ですから、息苦しさの中に安心してくつろげる空間が生まれるのです。例えばゴッホにとって、この世界は多分生きにくい場所で、世間ともうまくいかなかったのでしょう。だからこそ、自分の美を見つけ、絵にすることができたのだと思います。

「あらゆる芸術の士は人の世を長閑にし、人の心を豊かにするが故に尊とい」という文章も重要です。芸術とは、この住みにくい世の中を、くつろげてのどかにするものだから尊いと言っているのです。「長閑」とは、ゆったりとしていて静かという意味ですが、のんびりとくつろいでいる意味もあります。人が抱えているストレス（緊張）をなくし、くつろいでのどかな気分にしてくれるのが芸術だと言っています。住みにくい世の中に生きつつも、芸術が救いになることを、短文の中で表現した非常に切れのよい文章だと思います。

うつくしきものを、弥《いや》が上に、うつくしくせんと焦《あ》せるとき、うつくしきものはかえってその度を減ずるが例である。人事についても満は損を招くとの諺《ことわざ》はこれがためである。

放心と無邪気とは余裕を示す。余裕は画《え》において、詩において、もしくは文章において、必須《ひっすう》の条件である。

〈（七）より〉

ここで言っているのは「余白の美」のことで、余白がないと本当に美しくはならないということです。東洋の絵画は、全部を色で埋め尽くさず、所々余白を作って、そこに遊びを作ります。「放心と無邪気とは余裕を示す」とありますが、つまり余裕というのが必要で、必死になって細部まで作り上げてしまうと、余裕がなくなってしまいます。そうすると、かえって息苦しくなり、よくないものになってしまいます。美しいものを美しく表現しようと焦ってしまうと、その焦りが余裕のなさとなって表れます。

「人事についても満は損を招く」とは、完璧にしようとして才能のある人を集めすぎるとかえってうまくいかないという意味です。プロ野球やサッカーのチームでも、オールスターのようにいい選手を集めたのにうまくいかないケースがあります。完璧にしすぎるのではなく、心構えに少し無邪気さや余裕があるとうまくいくのです。例えば、あまりにも必死に話をしている人は、ジョークも面白くなくなってしまいますが、余裕がある話し方をする人のジョークは、楽しく聞けます。

世間には拙《せつ》を守るという人がある。この人が来世に生れ変るときっと木瓜《ぼけ》になる。

二　余も木瓜になりたい。

（十二）より

「拙」には「拙《つたな》い」や「下手」の意味があります。世界に禅を広めた鈴木大拙は、「大きく」「拙い」と書いて自分の名前にしています。拙は必ずしも悪い意味ではなくて、拙いのだけれど、その拙さをわかって生きていくというニュアンスがあります。人とは、本当はみんな拙い者なのですが、その拙さを意識していないよりは、意識した生き方の方がよいという意味です。

漱石は『子規の画《え》』と題した短い文章の中で「拙」の字について書いています。正岡子規は何でも上手にやったけれど、絵に関しては器用ではなく拙い感じがした。その拙い感じがむしろ切なくて胸に迫る。残された子規の画を見ているとそんな感じになる、と言っています。そして「拙」の字が最も遠い子規なのに、絵には拙が表れていて、むしろ人間味が出ていてよいと。できればもう少し子規に拙な部分を雄大に発揮させてあげたかった、と書いています。

「拙な部分を雄大に発揮する」といえば、ゴッホにも拙いところがあったと思います。

しかし、そこが雄大に発揮されてあのような独特な世界を作り上げていると言えます。セザンヌもサロンに通らなくて下手だ下手だと言われていましたが、拙な部分を雄大に発揮したら現代絵画の父と言われるようになりました。

「拙を守る」という言い方は今は使いませんが、うまくやろうと思わないで、拙いところも受け入れて生きていく。不器用さを大事にする生き方ということでしょう。

虞美人草

（1907年6月―10月、朝日新聞）

『虞美人草』は、漱石が職業作家になって初めて書いた作品です。自分の意志や虚勢を貫いていく女性がいて、その女性が自滅していく悲劇を描いています。エゴイズムの行く末を描いた作品であるともいえます。エゴイズムは人間が必ず持っているもので、自分の意志を貫きたい、人によく思われたい、自分が高く評価されたいという思いは誰しも必ずあります。そういう思いを持っている人間の相克やつらさを描いている作品です。

漱石にとって、エゴ、自我は大きな問題でした。というのは、自我や個性は近代の人間にとって必要な物だったからです。文明開化の新しい世では、自分の意志を持ち、自分の欲望に忠実な、エゴを持つこと自体に価値があるとされ、個として自立するためにはそれがよいこととされていました。しかしそれを持ったら、今度はつぶされるという事態が起こります。『草枕』の（十三）の中に「文明はあらゆる限りの手段をつくして、個性を発達せしめたる後、あらゆる限りの方法によってこの個性を踏み付けようとする」という文章があります。これは今の時代にもあって、例えば「個性教育」と呼ばれる個性を大事して伸ばす教育がこの20年くらい行われてきましたが、実際の社会に出ると、個性とかいう前にまず仕事を覚えろとか、言われた仕事をやれとか言われて、つぶされていくことも多いのです。

この作品の藤尾という女性は、家庭に収まることに満足できない新しいタイプの女性です。そういう女性が独立して社会の中で活躍しようとすると、家庭のことで悩んだり苦しんだりします。そういう意味では現代の問題を先取りしていると思います。

愛嬌《あいきょう》というのはね、――自分より強いものを斃《たお》す柔かい武器だよ。　〈(一)より〉

「男は度胸、女は愛嬌」と言いますが、「愛嬌」を辞書で引くと「愛敬」とも書き、古くは「あいぎょう」と言ったことがわかります。

愛嬌があると、相手に対してにこやかに接するので、相手も心がほどけて朗らかになり、その人を好むようになります。例えば、面接試験では、真面目な中に少し愛嬌を見せると通りやすいと、私の教え子の女子学生も言っていました。

この当時は、男の人の方が経済的社会的に力を持つ仕組みになっていますから、女性がそれと戦うには愛嬌を身につけるしかなかったのです。そういう意味で男女同権社会ではないし、女性の武器が少ないことを示している言葉でもあります。およそ男性目線で見た女性像ですから、例えば今、女は愛嬌がなければ駄目だと男性の上司が女性の部下に言ったら、セクハラで即アウトになります。この10年20年の間に、「愛嬌があるね」と褒めることさえ少し危険になったと言えます。

女はただ一人を相手にする芸当を心得ている。一人と一人と戦う時、勝つものは必ず女である。男は必ず負ける。
〈（二）より〉

当時は男性優位の社会ではありますが、漱石の中では男女関係において一対一になると女性の方が強いと思うところがあったのでしょう。「女はただ一人を相手にする芸当を心得ている」と、「芸当」という言葉を使った面白い表現をしています。

会社のような大勢の中と違って、一対一になったとき、女性は特有の技を持っているため主導権を握られてしまうのです。その理由として、女性の方が心理の理解が細やかなので男性の心の動きが手に取るようにわかるのに、男性はわかっていないという違いがあります。だから、女性の側から男性を見た場合には透き通ったガラスなのですが、男性から女性を見た場合には曇りガラス、あるいは心理的なマジックミラー状態が生まれて、男性は女性に操られてしまいます。男女の心理的な戦いでは、理解度において女性の方が本質的に優れているという思いが、漱石にはあったのでしょう。

愛は愛せらるる資格ありとの自信に基いて起る。ただし愛せらるるの資格ありと自信して、愛するの資格なきに気の付かぬものがある。〈（十二）より〉

この文章の前に「石仏に愛なし」という言葉が出てきます。石の仏には愛がない、つまり恋愛ができないものと初めから思っていると、そこに愛は生まれない、ということです。自分は愛される資格があると思えば、自信を持って相手にアプローチができて、そこに愛が生まれます。

でも、自信がありすぎると、愛する資格がないのに、自分は愛される資格があるはずだと自分を押しつけていくこともあります。「あなたは私を愛しているのでしょう。だったら私のために何をしてくれるの」と自分の思いだけを押しつけていくと、相手の愛は期待するけれど、自分が相手を愛することができていないことになります。簡単に言うと、愛されることは得意だけれど愛することができない人ですね。

自分は愛される資格があると思う人は相手に犠牲を強いがちですが、愛することは犠牲を求めることではないのです。本当に愛する資格のある人、愛する力のある人は、相手を追い込むようなことはしません。だから「私を愛しているなら…」を決めぜりふにしている人は危険だと言えるでしょう。

> 真面目になれるほど、自信力の出る事はない。真面目になれるほど、腰が据《すわ》る事はない。真面目になれるほど、精神の存在を自覚する事はない。天地の前に自分が儼存《げんそん》しているという観念は、真面目になって始めて得られる自覚だ。真面目とはね、君、真剣勝負の意味だよ。
>
> （十八）より

『虞美人草』には、漱石の人間観、人生観がはっきりと出ている部分が随所にあります。これは二人の男性の会話の一節ですが、真面目に生きる、いわば「真面目力」について語っています。真面目になるほど自信がわく、腰が据わる、そして、精神が自分の中にしっかりと存在することが感じ取れると言っています。

真剣勝負という言葉も、漱石の手紙などの中によく出てくる言葉です。幕末の草莽《そうもう》の志士たちのように、真剣勝負をして生きてみたい。真剣で斬り合うような覚悟を持った生き方で、『葉隠』にある「武士道とは死ぬことと見つけたり」のように、死を意識して本気で戦う覚悟を持っている。それが真面目さだと言っています。

漱石は『私の個人主義』の中で、ロンドン留学中、何を本気でやるともわからない不安な状態のときに、「自己本位」という四文字を見つけます。自分のやりたいことをやるんだと思った瞬間から、自分の思ったことを書いてみよう、思ったことを作品にしてみようと覚悟を決めて真面目になったと言っています。その経験から、「真面目の味」を占めると不安がなくなり自信が出てきて、自信力が生まれる。個として自分の本当にやりたいことをやるんだと腹が据わったときに人は強くなれる。だから「個人主義」が漱石にとって大事なのです。本当に自分がやりたいことは何かを見つけ、それで真剣勝負をして生きられたら、人間はとても幸せです。

三四郎

（1908年9月―12月、朝日新聞）

この小説は、日露戦争の後、九州から出てきた青年が東京の空気を吸って、新しい空気の中で混乱しながら成長する話です。日露戦争後の東京が持っている力と空気が描かれています。主人公は気概を持って上京したものの、その力と空気に飲み込まれ、迷います。そして、美禰子《みねこ》という女性に恋慕しますが翻弄されてしまいます。

当時、上京した若者が東京の圧力に負けないように頑張ったパワーが、いわば「上京力」だと思います。それが当時の日本の活力源となり、東京は地方の人の「上京力」を吸い上げて巨大なメガポリスになっていきました。

連載が始まる直前に漱石が朝日新聞の担当者にあてた手紙がありますので、紹介しておきましょう。

「田舎の高等学校を卒業して東京の大学に這入《はい》った三四郎が新らしい空気に触れる。そうして同輩だの先輩だの若い女だのに接触して、色々に動いて来る。手間《てま》はこの空気のうちにこれらの人間を放《はな》すだけである。あとは人間が勝手に泳いで、自《おのず》から波瀾が出来るだろうと思う。そうこうしているうちに読者も作者もこの空気にかぶれて、これらの人間を知るようになる事と信ずる。もしかぶれ甲斐のしない空気で、知り栄《ばえ》のしない人間であっ

たら御互に不運と諦《あきら》めるより仕方ない。ただ尋常である。摩訶不思議はかけない」（岩波文庫「解説」より）

摩訶《まか》不思議ではなく、あえて平凡なものを書くために、「三四郎」という主人公の名も平凡な名前にしたということです。「新しい空気」がキーワードです。

女はその顔を凝《じっ》と眺めていた、が、やがて落付いた調子で、
「あなたはよっぽど度胸のない方《かた》ですね」といって、にやりと笑った。三四郎はプラットフォームの上へ弾《はじ》き出されたような心持がした。〈（一）より〉

「あなたはよっぽど度胸のない方ですね」と三四郎は女に言われてしまいます。

これより前、この女と列車の中で出会うのですが、夜が遅かったので名古屋で宿泊しなければならなくなり、女に宿屋に案内してくれと言われて一緒の部屋に泊まることになってしまいます。しかし、三四郎はシーツで仕切りを作って何もしなかったため、女があきれたわけです。この言葉は、女がここまではっきり意志を示しているのに、乗ってこない

男ってどうなんだと思って言ったものです。主人公・三四郎の、経験も度胸もない、初々しさや気の利かなさが出ている場面です。女の方が度胸があり、心理的にも経験的にも優位に立っている感じがよくわかります。


「迷子の英訳を知っていらしって」

三四郎は知るとも、知らぬともいい得ぬほどに、この問を予期していなかった。

「教えて上げましょうか」

「ええ」

「迷える子《ストレイシープ》――解って？」

（〈五〉より）


「ストレイシープ」とは、聖書の中の迷える羊を救う逸話にある言葉です。『新約聖書』マタイ伝十八章にある話で、百匹の羊のうち一匹が迷えば、飼い主は九十九匹を残してもその一匹を探し求めるという、羊飼いの行為に託して神の愛を述べたものです。

当時この作品を読んだ人の間で「ストレイシープ」が流行語になりました。

この美禰子の言葉は、都会に出てきて迷える羊のように行き場もなく、何をしたらいいかもわからない状態の三四郎のことを言ったものです。「ストレイシープ」という言葉は後でまた出てきて、三四郎と美禰子の間をつなぐキーワードになっています。


女はややしばらく三四郎を眺めた後《のち》、聞兼《ききかね》るほどの嘆息《ためいき》をかすかに漏らした。やがて細い手を濃い眉の上に加えていった。

「われは我が愆《とが》を知る。我が罪は常に我が前にあり」

聞き取れない位な声であった。それを三四郎は明かに聞き取った。三四郎と美禰《みね》子《こ》はかようにして分れた。

〈（十二）より〉


「われは我が愆を知る。我が罪は常に我が前にあり」とは『旧約聖書』詩篇第五十一篇中の言葉で、イスラエルの王ダビデが、その部下ウリヤの妻バテシバ（バト・シェバ）と通じ、彼女を奪うためにウリヤを戦死させた話に出てきます。神から注意され、それが罪だとわかっているのにしてしまうのです。

美禰子は三人の男性を相手に付かず離れずの距離を取りながら過ごしているのですが、結局は世間の因習に従って安易と思われる結婚をします。美禰子の中では、真の恋愛ができず、しがらみの中で安易な道を選んだ自分に対する自己嫌悪もあったのでしょう。もしかすると、三四郎だけではなく美禰子自身もストレイシープだったのかもしれません。

それから

（1909年6月―10月、朝日新聞）

昔好き合った男女（代助と三千代）が別れ、その後、三千代は他の男性に嫁いでいます。しかし再び二人の間に火がついて、駆け落ちをしようと決意をしたところで終わります。『三四郎』『それから』『門』は前期三部作と呼ばれています。『それから』と『門』は同一人物の話ではありませんが、どちらも社会の規範から外れても愛を貫き、二人でひっそりと暮らしていく話であるため、続編のように近いものがあります。

「三十になって遊民として、のらくらしているのは、如何《いか》にも不体裁だな」
代助は決してのらくらしているとは思わない。ただ職業のために汚《けが》されない内容の多い時間を有する、上等人種と自分を考えているだけである。
（三）より

「遊民」とありますが、『彼岸過迄』の中で漱石が言っている「高等遊民」の方が有名で、当時「高等遊民」という言葉が流行しました。

国語辞典で「高等遊民」を引くと、高等な教育を受けていながら職業に就かずにふらふらしている人、という意味です。学歴は高いけれど働かないで遊んで暮らしている、世間から見ればだらしない人間だけれど、当人は職業に縛られないで悠々自適に生きている上等な人種であると思っているのです。

世俗を離れた人生の楽しみを追求しているとも言え、余裕があるならそうした生き方もいいのだけれど、世間から見たら体裁はよくありません。

「職業のために汚されない内容の多い時間」とありますが、漱石は『道楽と職業』（漱石全集第10巻）の中で「職業」について次のような詩論を展開しています。

職業とは人のためにするものだからお金がもらえる。道楽は自分のためにするものだからお金はもらえない。原理は簡単で、人のためにする分量が多ければ多いほど、物質的に自分のためになり、他人本位にサービスをすればそれがお金になる。それが職業である。しかし、自分のやりたいことをやっていると、自分本位なので他の人からお金はもらえない、これは道楽である。ということになると、禅僧が座禅をしているのは自分がやりたいからであり、禅僧は立派な道楽者である。

つまり「職業のために汚されない」とは、他人のためにサービスをすることに時間をとられない、ということです。

頬の色は固《もと》より蒼かったが、唇は確《しか》として、動く気色はなかった。その間から、低く重い言葉が、繋《つな》がらないように、一字ずつ出た。

「仕様がない。覚悟を極《き》めましょう」

代助は背中から水を被《かぶ》ったように顫《ふる》えた。社会から逐《お》い放《はな》たるべき二人の魂は、ただ二人対《むか》い合って、互《たがい》を穴の明くほど眺めていた。そうして、凡《すべ》てに逆《さから》って、互

＝を一所に持ち来《き》たした力を互と怖《おそ》れ戦《おのの》いた。〈十四〉より

この辺りは全体にとてもいい文章です。三千代が「仕様がない。覚悟を極めましょう」と、命懸けの駆け落ちを決意するのです。

唇が動く気配がなくて、そこから「低く重い言葉が、一字ずつ出た」とありますが、言葉が一音ずつではなく「一字ずつ」ビシビシ放たれる感じがよく出ています。

このとき三千代が先に駆け落ちを覚悟するのです。代助は、自分の方から誘っていたにもかかわらず、背中から水をかぶったように震えたとありますから、覚悟は定まっていなかったわけです。このあとに「二人はこう凝《じっ》としている中《うち》に、五十年を眼《ま》のあたりに縮めたほどの精神の緊張を感じた」という文章があります。人の奥さんを奪うことは大変な社会的非難を受けるものです。それを覚悟した瞬間ですから、精神の緊張が極に達したクライマックスだと思います。

忽《たちま》ち赤い郵便筒《ゆうびんづつ》が眼に付いた。するとその赤い色が忽ち代助の頭の中に飛び込ん

で、くるくると回転し始めた。傘屋の看板に、赤い蝙蝠傘《こうもりがさ》を四つ重ねて高く釣るしてあった。傘の色が、また代助の頭に飛び込んで、くるくると渦を捲《ま》いた。四つ角《よつかど》に、大きい真赤な風船玉を売ってるものがあった。電車が急に角を曲るとき、風船玉は追懸《おっかけ》て来て、代助の頭に飛び付いた。小包郵便を載せた赤い車がはっと電車と摺《す》れ違うとき、また代助の頭の中に吸い込まれた。烟草屋《たばこや》の暖簾《のれん》が赤かった。売出しの旗も赤かった。電柱が赤かった。赤ペンキの看板がそれから、それへと続いた。しまいには世の中が真赤になった。そうして、代助の頭を中心としてくるりくるりと燄《ほのお》の息を吹いて回転した。代助は自分の頭が焼け尽きるまで電車に乗って行こうと決心した。

〈(十七)より〉

赤い郵便筒や赤い蝙蝠傘、赤い車などが次々に目に入り、しまいには世の中が真っ赤になって炎の息を吹いて回転する幻覚にはまり込みます。火の中に飛び込むようなこれからの生活への不安の中で、自分の頭が炎で焼き尽くされるまで電車に乗って行こうと決心する印象的な場面です。

仏教用語に「火宅」という言葉があります。この世の苦悩に悩まされて安住できないことを、燃えさかる家にたとえた言葉です。本当に家が燃えているのではなく、煩悩に悩まされることを、炎を上げて燃えさかる家のようだとして「火宅」と言うのです。多分それを意識して、漱石はいろいろなものが燃えていると表現したのでしょう。

門

（1910年3月－6月、朝日新聞）

『門』は『それから』の続編のような話で、駆け落ちをして世間から追放されひそかに暮らしている夫婦の話です。しかし、『門』の主人公・宗助と『それから』の代助が同一人物だとは必ずしも言えないような、キャラクターの相違があります。

宗助にはまだ迷いがあって禅寺の門をたたきますが、門の中には入れない。それで「門」という言葉が一つの象徴になっているのです。

門番は扉の向側《むこうがわ》にいて、敲《たた》いても遂《つい》に顔さえ出してくれなかった。ただ、「敲いても駄目だ。独りで開けて入れ」という声が聞えただけであった。

〈(二十一)より〉

宗助は、悟りたいという気持ちがあり禅門をたたくのですが、門は閉ざされ「敲いても駄目だ、独りで開けて入れ」と門番の言葉が響いてきます。独りになることは大事なことで、『ブッダのことば』という本には、「犀《サイ》の角のようにただ独り歩め」との言葉がありま す。孤立を恐れず独りでも道を追究しなさいと、ブッダは言いたかったのです。悟りたいのならば自分で門を開けて入ればよいのですが、宗助はそこまで踏み切れません。

彼は後《うしろ》を顧みた。そうして到底また元の路《みち》へ引き返す勇気を有《も》たなかった。彼は前を眺めた。前には堅固な扉が何時までも展望を遮《さえ》ぎっていた。彼は門を通る人ではなかった。また門を通らないで済む人でもなかった。要するに、彼は門の下に立ち竦《すく》んで、日の暮れるのを待つべき不幸な人であった。

〈(二十一)より〉

宗助は門の中にある悟りを追究する世界には入りきれないで、門の前で立ちすくみます。門に入り悟りの道に入る人、悟りには関わらない人、門の前で立ちすくむ人、三種類の人間がいるとするなら、立ちすくむ人は一番不幸な人間であると言っています。立ちすくむという言葉は行為を表しているのですが、同時に精神状態を表しているのです。

硝子戸の中

（1915年1月―2月、朝日新聞）

『硝子戸の中』の「中」は「うち」と読みます。当時は、内側の内を「中」と書いています。この作品は、漱石が書斎の硝子戸の前で書いた随筆です。硝子戸の内側にいる自分、訪ねてきた人々、彼の前で起きた事件、いろいろな出来事や思い出を書いた作品です。

　私は生れてから今日《こんにち》までに、人の前で笑いたくもないのに笑って見せた経験が何度となくある。その偽りが今この写真師のために復讐《ふくしゅう》を受けたのかも知れない。

彼は気味のよくない苦笑を洩《も》らしている私の写真を送ってくれたけれども、その写真を載せるといった雑誌は遂《つい》に届けなかった。

〈(二)より〉

これは漱石が写真を撮られたときに、笑ってくれと言われて作り笑いをしたのだけれど、その写真が「気味のよくない苦笑を洩らしている私の写真」だと言っています。恥ずかしさもあって、愛想笑いがうまくできないところが漱石らしくて面白いところです。

私は凡《すべ》ての人間を、毎日々々恥を掻《か》くために生れてきたものだとさえ考える事もある。

〈(十二)より〉

人間はそんなに立派なものではなく、恥をかき、恥ずかしい思いをし、不愉快な思いの連続の中にいます。そういう未熟な人間が生きて世界をつくっているという漱石の人間観を語ったものです。太宰治も「恥の多い生涯を送って来ました」という有名な一文を書いています。武士は「恥」を死よりも嫌いました。

「恥」は日本人の中で重要な言葉になっています。米国の文化人類学者ルース・ベネディクトは著書『菊と刀』の中で「西洋は罪の文化であり、日本は恥の文化である」と述べており、「恥」がキーワードになっています。

所詮《しょせん》我々は自分で夢の間《ま》に製造した爆裂弾を、思い思いに抱《いだ》きながら、一人残らず、死という遠い所へ、談笑しつつ歩いて行くのではなかろうか。ただどんなものを抱《だ》いているのか、他《ひと》も知らず自分も知らないので、仕合せなんだろう。

〈（三十）より〉

『存在と時間』の著者ハイデッガーは、死を意識して生きるのが人間の本来的な生き方だと言っています。人間は有限で死ぬ運命にある存在だから、人間にとって時間性はとても大事なことだと。しかし、普通の人間は自分が死ぬ存在であることを忘れています。ですから漱石は、夢の間に自分でも気がつかないうちに製造した爆裂弾を抱えて、談笑しつつ死に向かって歩いて行くという強烈な表現をしています。

漱石は、いつも死という境地について考えています。でも、死について考えすぎると暗くなってしまうので、爆裂弾を抱えていることを知らぬまま、談笑しつつ歩いて行くのも、また幸せなのだろうと言っています。

ここまで漱石の作品の言葉にこだわって読み直してきました。どの文章にも漱石のDNAを改めて感じました。

漱石の作品は、人生について真面目に考えようとする人に力を与える言葉にあふれているのです。

●本文中の夏目漱石の文章はすべて岩波文庫の各作品から引用しました。

●本書作成に使用した電子辞書はカシオ EX-word で、精選版日本国語大辞典、広辞苑、明鏡国語辞典、新漢字林、日本語大シソーラス、明鏡ことわざ成句使い方辞典、日本語「語源」辞典、リーダーズ英和辞典、ブリタニカ国際大百科事典、日本史事典、世界史事典などの収録辞典を利用しました。

●編集協力／鈴木悦子

●写真撮影／加藤 駿（時事通信社写真部）

【著者紹介】

齋藤　孝（さいとう・たかし）

明治大学文学部教授。1960年、静岡県生まれ。東京大学法学部卒業。東京大学大学院教育学研究科博士課程等を経て現職。専門は教育学、身体論、コミュニケーション論。身体を基礎とした心技体の充実をコミュニケーションスキルや自己啓発に応用する「齋藤メソッド」が高い評価を得ている。著書に『声に出して読みたい日本語』（草思社）、『身体感覚を取り戻す』（NHK出版）、『コミュニケーション力』『教育力』『読書力』（岩波新書）、『質問力』（ちくま文庫）、『雑談力が上がる話し方』（ダイヤモンド社）、『語彙力こそが教養である』（角川新書）など多数。

漱石《そうせき》を電子辞書《でんしじしょ》で読《よ》む

2017年4月20日　初版発行

著　者：齋藤　孝
発行者：松永　努
発行所：株式会社時事通信出版局
発　売：株式会社時事通信社
〒104-8178　東京都中央区銀座5-15-8
電話03（5565）2155　http://book.jiji.com

印刷／製本　株式会社太平印刷社

ISBN978-4-7887-1518-9　C0095　Printed in Japan